新潮文庫

妻は忘れない

矢樹　純著

新潮社版

11380

目次

妻は忘れない

妻は忘れない

一

「してくれない旦那《だんな》なんてさ、死んじゃえばいいのに」

目のふちを赤くした留実《るみ》は、ビールジョッキの取っ手に指を絡《から》めたまま、口を尖《とが》らせてそう吐き捨てた。あんまりな物言いに、思わず周囲を見回す。駅から離れた平日の居酒屋に客はまばらで、誰もこちらを気にしている様子はなかった。

留実の隣で、先ほどから同じように夫への不満を漏らしていた杏奈《あんな》が、大きくうなずいてハイボールのグラスをテーブルに置いた。

「ホント、死んでくれたら、悩まなくて済むんだけどね。離婚の理由、一番多いのは性格の不一致だっていうけど、性格っていうか、性の方でしょ」

言いながら杏奈が割り箸《ばし》の先で《性》という字を宙に描くと、留実が品のない笑い声を立てた。いたたまれない気持ちで下を向く。二人とも、大分酔っているようだ。

まだ十二月になったばかりだが、少し早めの忘年会ということで、同じ派遣会社の仲間と飲み会をすることになった。留実と杏奈はともに三十代半ばで私よりも五歳ほど年が上だが、同じ派遣先で一年近く一緒に働いたことがあり、お互い職場が変わっても、時々ランチや飲み会をする間柄だった。

以前は、会えばそれぞれの職場の同僚や上司の愚痴をこぼしていたのだが、近頃の留実と杏奈は、夫への愚痴を多く口にするようになった。テニスが趣味の留実は相変わらず健康的に日焼けしていて、ヨガ教室に通っているという杏奈も整った体型を保っているが、不満が積もったせいなのか、顔だけは少し老《ふ》けてきたように思う。

職場の人間ならば、次の派遣先に行くまでの一年やそこらの我慢だと諦《あきら》めがつくが、夫の場合はそうはいかない。逃げ道がないから、吐き出さずにはいられないのだろう。

分かってはいても、毎回それを聞かされる立場としては、少し疲れてしまう。気づかれないようにため息をつくと、自家製の塩辛を和《あ》えたポテトサラダを口に運んだ。日本酒が飲みたくなる味だが、駅まで歩くことを考えると、あまり飲みすぎるのは良くない。そろそろ空になりそうなグラスに目をやり、次に何を頼むかを考える。

「千紘《ちひろ》ちゃんのとこは」と私の名前が挙がり、はっとして目を上げた。

「まだそういうの、大丈夫だよね。結婚何年目だっけ」

留実のほのかに好奇心のにじんだ眼差《まなざ》しが、私をとらえていた。

「もうすぐ三年、かな」

それ以上、踏み込まれないように、聞かれたことにだけ答える。

「牧野《まきの》さんは、確かうちらと同年代だったね。今、介護の仕事してるんだよね」

夫の牧野晶彦《あきひこ》とは六年前、留実や杏奈と派遣された会社の出入り業者として知り合った。現在では交流がないが、夫も彼女たちとは一応の面識がある。

「介護って、腰とか悪くするって聞くけど。牧野さん、大丈夫？」

大丈夫、と答えながら、ぎこちなく笑顔を作る。言葉が続かない。今は夫のことを、あまり話したくなかった。

「いいなあ、千紘ちゃんは旦那さんと上手《うま》くいってて。うちは、もう終わってるから」

私の気持ちを察してくれたのか、それともさほど興味がなかったのか、留実はすぐに自分の話に戻る。

「うち、五年以上ずっとないんだよ。夫婦でいる意味なくない？　子供も高学年になって手が離れちゃって、この先ずっとあの旦那と二人でやってくの、きついよ」

倦《う》んだ仕草で明るく染めた髪を掻《か》き上げると、生え際《ぎわ》の短い白髪がのぞいた。二十代半ばで結婚した留実には、小学生の娘が一人いる。

「けどやっぱり、決断するとなると難しいよ。まだこの先、子供にお金かかるし。そんな理由で別れるとか、絶対周りに反対されるから」

諦めたような口調で言って、杏奈は皿の上に一つだけ残っていたタコの唐揚げに箸を伸ばす。同じく二十代で結婚した杏奈も中学生の娘と小学生の息子の二児の母で、子供がいないのは私だけだ。

「だからって浮気は、バレた時のリスクが大きすぎるしね。ほら、前に話したうちの職場のバツイチの女子社員、今度は既婚者の上司と付き合ってんの」

「ああ、あのヤバい人？　彼女、ちょっと前までホストに貢《みつ》いでなかった？」

杏奈の持ち出した話に、留実が目を輝かせて食いついた。杏奈の今の派遣先に、やたらと異性関係に奔放な女性社員がいて、しばしば驚くようなことをしでかすというのだ。前に聞いた話では、お気に入りのホストに高いボトルを入れるために三十代にして《パパ活》をしているとのことだった。

杏奈は年が近いこともあってよく彼女の相談に乗ってやっているらしく、今日のような飲み会の時には、そのエキセントリックなエピソードを面白おかしく話してくれる。杏奈曰《いわ》く「見た目は肉食の小動物って感じ」だそうで、可愛《かわい》らしいけれど獰猛《どうもう》さを内に秘めたような雰囲気なのだろう。体つきは小柄なのに、妙な威圧感があるのだそうだ。

しばし女性社員と中年上司とのドロドロの不倫話で盛り上がったあと、留実と杏奈は喉《のど》が渇いた様子で、飲み物のおかわりを注文した。私もレモンサワーを空にしてウーロンハイを頼む。三人のグラスが揃《そろ》ったところで、留実がしんみりした調子で口を開いた。

「結局、今の旦那とやってくしかないって分かってるんだよね。でも、やっぱり男と女じゃなくなっちゃうっていうのは空《むな》しいよ。だからって、旦那と話し合うのは絶対に無理」

杏奈は自身の手元に視線を落としたまま、分かる、と応じる。

「お互い若い頃は、多少揉《も》めても夜に仲直りして、うやむやにしてたじゃん。それがなくなると、もうとことん揉めるしかなくて。そうやって喧嘩《けんか》を繰り返してたら、正面から話すこと自体、できなくなっちゃった」

杏奈の言葉を聞きながら、この二人に今の私の状況を打ち明けられたらと思った。

だが、夫との共通の知り合いに対して、あのようなことを話すのは、やはり決心がつかなかった。逡巡《しゅんじゅん》しているうちに、留実がメニューを開き、最後に何を食べるかという話が始まった。

「千紘ちゃんは、私たちみたいにならないでよ」

デザートを選び終え、そう言って笑いかけた杏奈に、すぐには言葉を返せなかった。私に比べたら、あなたたちの方が恵まれている。

胸の疼《うず》きをごまかすように、気をつけるよ、と笑った。言えないことがあると、人との関係は歪《いびつ》になる。

グラスに口をつけながら、私はもう触れ合うことのなくなった夫の、広い背中を思い浮かべた。

アイスクリームの添えられた柿《かき》のフリッターを食べ終え、居酒屋を出たのは十時頃だった。留実と杏奈とは路線が違うので、駅で別れる。アルコールとおしゃべりでストレスを発散できたのか、二人とも、すっきりした顔をしていた。

時間が遅かったので最終バスには間に合わず、最寄駅からはタクシーを使った。マンションの一つ手前の通りで降りて、自動販売機で温かいお茶を買った。飲みながら、酔い覚ましに少し歩く。夜道を照らす街灯の光に、白い息が溶ける。

レンガ舗装の歩道に、この先の大通りまで並ぶ街路樹の銀杏《いちょう》の葉が散り落ちて、一面にモザイクのような模様を描いている。結婚が決まり、お互いの職場に近い新居を探していた時、夫も私もこの銀杏並木が気に入って、住むことを決めたのだ。

足を止めて、黒い空へまっすぐに伸びる太い幹を見上げた。斜めに広がる枝に、まるで鮮やかな黄色の蝶《ちょう》が群がっているように、無数の葉が揺れている。

軽いめまいを覚え、目を閉じて深く息をした。やはりいくらか、飲みすぎたのかもしれない。膝《ひざ》に力を入れて、ゆっくりと歩き出す。

夫の晶彦は出会った当時、都内の事務機器メーカーで技術者をしていた。私が留実や杏奈とともに働いていたオフィス用品のリース会社に、営業の社員と一緒にメンテナンスに訪れていたのだ。

背が高く、がっしりとした体形の夫は、笑顔と世間話が苦手らしく、とっつきにくい印象だった。少し面長の輪郭で切れ長の目が鋭く、薄い唇はいつも真一文字に結ばれていた。だが仕事は早く丁寧で、社内での評判は良かった。

社員が企画した飲み会で、偶然、隣の席になり、初めて話をした。女子大出身で男性と接することに慣れていなかった私は、何を話したらいいのかと戸惑った。だが、週末をどう過ごしたかという話題から、同じ日に有楽町で単館上映していた老ギタリストの音楽活動を追うドキュメンタリー映画を観《み》ていたことが分かり、それから急に、距離が近くなった。

　学生時代、映画サークルに所属していたという夫は、あの監督の作品が好きならこれも観た方がいい、などと私の知らない映画の話を楽しそうにしてくれた。こんなによく話す人だったのかと意外に思いながら、少し赤くなった横顔を眺めていた。あの日のことは、今もよく覚えている。笑うと尖った八重歯が覗《のぞ》くことに気づいたのは、この時だった。

　知り合いには内緒にしているんだけど、と前置きをして、夫は映画の感想を書き込んでいるというSNSのアカウントを教えてくれた。スマートフォンを操作する夫の指に目をひかれた。関節が目立つ太い指が、小さな画面の上を滑る。その薬指には少し窮屈そうに、シンプルな指輪がはまっていた。

　通りから見えるマンションの窓には、まばらに明かりが灯《とも》っていた。ファミリー向けの七階建てで、建物自体は古いが設備はリフォームされている。暗証番号でオートロックを開け、エレベーターで五階まで昇った。

　玄関の鍵《かぎ》を開けると、手探りで廊下の照明を点《つ》ける。窮屈なブーツをやっとのことで脱いでマフラーを外した。

夫は今日は夜勤のシフトで、夜の十時に家を出たはずだった。リビングのドアを開けると、まだ温かいエアコンの空気と、出勤前に夫が食べたカレーの匂《にお》いが漂っていた。飲み会の予定があったので、昨日、二日分の量を作っておいたのだ。

コートを着たまま台所に向かうと、冷蔵庫のミネラルウォーターをグラスに注いで飲む。シンクの横の水切り籠《かご》には、一人分の皿とスプーンが置かれていた。夫がいつも自分の使った食器を洗ってくれるのは、前の妻と離婚して一人暮らしをしていた頃の習慣だろう。

知り合った頃、夫は妻とともに実家で両親と同居していた。夫には兄弟がおらず、母親が一人息子を手放すことを拒んだのだ。

映画について語り合った夜から、私は夫に対して、淡い好意を抱いていた。だが、もちろん人の家庭を壊すようなことをしようとは思わなかった。月に一度か二度、職場で顔を合わせた時に、挨拶《あいさつ》のついでに映画の話をするだけで満足だった。

そんな程度の関係が一年ほど続いたある日、突然、夫が会社を辞めたと知らされた。営業の担当者が、新しく保守点検を受け持つ社員を紹介し、前任者は退職したと告げたのだ。

その頃から噂《うわさ》好きだった杏奈が、夫が退職と同時期に妻と離婚していたという話を聞きつけてきて、私はいてもたってもいられなくなった。迷った末に、前に教えてもらったSNSのアカウントに宛《あ》てて、初めてメッセージを送った。

《今まで本当にお世話になりました。お会いできなくなるのが残念です》

何かを期待したわけではなく、ただ気持ちを伝えたかった。返事がもらえなくても仕方がないと思ったが、夫からは《こちらこそ。急なことですみません》と短い返信があった。

そのやり取りから半年が経《た》った頃、夫から、介護事業所で働くことが決まったという報告とともに、不意に映画に誘われた。北欧の小さな村が舞台の、馬と人間の織り成すドラマを描いた作品だった。

映画を観終えて、食事をしながら感想を言い合って、次の映画の約束をする。そんなことを繰り返すうち、自然に付き合うことになった。二度目ということでためらいもあったのだろう。結婚しようと言われたのは、それから二年後のことだ。

夫は離婚と同時に実家を出ており、同居の必要はなかったが、私の実家への挨拶を済ませたあとに、二人で報告に行った。都内にある夫の実家は築年数はそれなりと見えたが、黒い瓦屋根《かわらやね》にタイル張りの装飾が施されたモルタル壁の、ずいぶん立派な造りの戸建だった。義父は退職するまで大手銀行の支店長をしていたと、のちに聞いて納得した。

わざわざ地元の有名店の寿司《すし》をとってくれたふっくらした丸顔の義母は、愛想が良くおしゃべりな人だった。その反対に義父は無口で物静かな印象だが、輪郭と切れ長の目が夫とよく似ており、端整な顔立ちをしていた。夫と二人で話し合って、結婚式はしないことに決め、代わりに両家の顔合わせを兼ねた食事会をした。

そうして夫と一緒になって、もう三年になる。

転職したことで夫の収入は以前より下がったそうだが、私の現在の派遣先の家電メーカーの顧客対応窓口でも、ストレスが多い分、給料はそれなりにもらえている。二人で生活するのには充分だ。貯金もできて、そろそろ子どもが欲しいねと話し合ったのが、今年の春のことだ。

夫の方からそれを言い出してくれたのが、本当に嬉《うれ》しかった。だが――。

三か月前のあの日から、夫は変わってしまった。

子供を持つことなど、今は考えられない。

私はいずれ、夫に殺されるかもしれない。

二

「佑香《ゆか》さんは正社員で働いてて、仕事が忙しいから子供はしばらくいいって言ってたのよ。千紘さんは派遣社員で良かったわ」

結婚して間もなく、正月に年始の挨拶に行った際に、義母が夫のいないところでそんなことを教えてくれた。聞いてもいないのに前の妻のことを話し出す――しかも暗に子供を作れと言ってくる無神経さに傷つきながらも、それを顔には出さなかった。

夫と前の妻との間には、子供がいなかった。

前妻の佑香は、夫の大学時代のゼミの後輩だった。彼女に一目ぼれした夫が必死でアプローチをして付き合うことになり、卒業後に結婚したのだという。結婚してからも佑香は新卒で入社した不動産開発会社で経理の仕事を続けていたそうだ。

その話を義母から聞かされた時、私は佑香に抱いていた劣等感を一層強くした。

私は一目ぼれをされるような容姿ではないし、大学四年の冬まで就職活動を続けながらも内定がもらえず、派遣社員になるしかなかった。私よりも、やはり佑香の方が優れた女性なのだと、言いようのない苦しさを覚えた。

夫の佑香に対しての愛情の強さは、最初から承知していた。私は、自分が彼女に敵《かな》うことは一生ないと、分かっていながら結婚したのだ。

夫と付き合い、結婚を意識するようになった頃に、私は離婚した経緯について、初めて夫に尋ねた。夫の両親との同居が原因だと思っていたが、それは違っていた。

離婚の理由は、佑香の不貞だった。

「彼女は、義理の両親との同居のストレスのせいで浮気したって言ってた。今どき同居なんてありえないって。それと、俺がいつも仕事で忙しくて、寂しかったって」

複数の浮気相手がいたことへの佑香の身勝手な言いわけは、彼女が去ったあとも、夫を苛《さいな》んだ。夫は離婚後、長年暮らしてきた実家を出て、働いていた会社を辞めた。愛する佑香に怒りを向けることができない夫は、彼女の言葉をただまっすぐに受けとめて、自分を責めるしかなかったのだ。

だから夫が子供を作ろうと言ってくれた時、私は佑香よりもその点でだけは優位に立てるのだと、無邪気に喜んだ。

そんな浅ましい思いを抱いた罰を、私は受けているのかもしれない。

台所の床から、ストッキング越しに冷気が上がってきて、身を震わせる。リビングの時計は午前〇時になろうとしていた。明日の出勤に備えて、早く休まなければならない。

化粧を落としに洗面所に行きかけて、ふと思い出し、炊飯器を開ける。茶碗《ちゃわん》に半分くらいの量のご飯が、保温されたまま固くなっていた。

明日のお弁当と朝食の分の米をといで、炊飯の予約をしなくてはいけなかった。すぐにでもシャワーを浴びたかったが、残りご飯をラップで包むと、乾いた米のこびりついた炊飯器の釜《かま》を水に浸す。

以前なら、これくらいの家事は夫に頼んでいたものだが、今はもう言えなかった。夫とは必要最低限のこと以外、会話をすることができなくなっていた。

だがいつかは、夫ときちんと話さなければいけない。

なんのために、あんなものを隠し持っていたのか。

先週、玄関に置いたままになっていた夫の通勤バッグを片づけようとした時、いつもより妙に重たいのが気になって、つい開けて中を覗いた。初めは何か分からず、手に取ってようやく、それが人に危害を加えるためのものだと理解した。

夫はあれを、私に向けるつもりなのだろうか。

気づけば、水を張った炊飯釜を見つめたまま、シンクのふちを強く握りしめていた。

知らず呼吸も浅くなっていたのか、息苦しさにしばしあえぐ。

目を閉じ、気持ちを落ち着けてから、ふやけたご飯粒を丁寧に洗い落とした。食器棚の下段に収納された米びつから、三合分の米を計り出して釜に入れる。冷たい水で米をとぎながら、三か月前のことを思い出していた。あの日も、水が冷たかった。


九月にしては寒い日が続いた十五夜の夜に、義父が急死した。くも膜下出血だった。まだ六十五歳だった義父は、自宅で夕食をとったあとに頭痛を訴え、救急車で運ばれたが、そのまま意識が戻らず、帰らぬ人となった。連絡をもらって夫と二人で病院に駆けつけた時には、もう動かずにただ、窓際のベッドで横たわっていた。目を閉じた白い顔は、やはり夫とよく似ていた。カーテンの開いた窓から見える遠くの空に、きれいな丸い月が、他人事《ひとごと》のように浮かんでいた。

翌日に通夜《つや》、その翌日に葬儀が行われた。義父の亡骸《なきがら》にすがりついて泣き崩れていた義母も、親類や友人たちの慰めの言葉に、いくらか和らいだ表情を見せていた。一人息子である夫は、父親の突然の死に悄然《しょうぜん》としながらも、葬儀社の担当者と話し合って段取りをしたり、ひっきりなしに訪れる義父の銀行時代の弔問客に挨拶をしたりと、懸命に喪主である母親を支えていた。

郊外に新しくできたばかりのセレモニーホールで葬儀を済ませたあと、自宅で親しい者だけで精進落としをすることになった。仕出しのお膳《ぜん》の上の料理が片づいても、話は尽きなかった。やっと退職して、これから第二の人生を楽しむところだったのにと、皆、義父の早すぎる死を悼《いた》んでいた。

夕方になって日が翳《かげ》り始めた頃、夫の実家の広い台所で、私は一人、洗い物をしていた。義母は自分の兄妹と、夫は従兄弟《いとこ》と話しこんでおり、初めて顔を合わせる親類たちと話をするよりは、その方が気が楽だった。新しい嫁を品定めするような視線を避けたかった気持ちもある。

給湯器のスイッチの場所が分からず、わざわざ聞きに行くのも気が引けて、水で洗い続けた。それほど脂《あぶら》のつく料理はなかったので、汚れを落とすのには困らなかったが、いくつもの皿や小鉢の洗剤をすすぐうち、水の冷たさに指先が痺《しび》れた。

大体の食器を洗い終え、布巾《ふきん》で拭《ふ》こうとした時だった。ふと、廊下の方から話し声が聞こえてきた。

先ほどまでは、水を流す音で聞こえなかったのだろう。誰か帰る客がいるなら挨拶をしなければと、台所から廊下に出る引き戸を開けた。しかし、そこには誰もいない。

見回すと、玄関の格子戸《こうしど》の向こうに人影があった。もう外に出てしまったようだ。慌《あわ》ててそちらへ向かい、黒い靴が何足も並んだ三和土《たたき》に目を走らせる。端の方に押しやられていた自分のパンプスを見つけた時、声が聞こえた。

「御焼香も、させてもらえないの」

少し低い、だけどくっきりした女の声。体が固まったように、動けなくなった。格子で区切られた磨《す》りガラスに注意深く目を凝らすと、黒い二つの影が見える。一つは大柄で、もう一つは、私より少し小柄に思えた。

「佑香、頼むから、今日のところは帰ってくれ」

夫の声だった。弱々しく、語尾が震えている。私が聞いたことのない声音だった。

「――分かった。でも、いずれはちゃんと、晶彦から奥さんに伝えてよ」

沈黙のあと、念を押すように女の声が言った。門扉《もんぴ》を開ける耳障《みみざわ》りな金属のきしみが聞こえて、私は音を立てないように息を詰めて後ずさった。台所に飛び込むと、後ろ手にそっと引き戸を閉める。ほどなく玄関の戸が開け閉めされるカラカラと乾いた音がした。

そのあとはなんの物音も聞こえなかった。しばらく待ったあと、細く戸を開けて様子を窺《うかが》うと、夫は玄関の戸に顔を向けたまま、身じろぎもせず三和土に棒立ちになっていた。魂を失ったかのようなその姿に、胸が潰《つぶ》れる思いがした。

見てはいけない。素早く戸から離れた。身を隠すように、台所の壁に背中をつけて、じっと動かずにいた。

どれくらいそうしていただろうか。やがて、ゆっくりと重たい足取りで、廊下を歩いていく気配がした。静かになった時、張りつめた糸が切れたように力が抜け、その場に座り込んだ。体は悪寒《おかん》に包まれているのに、手のひらには汗をかいていた。

佑香と顔を合わせたことはなかった。写真を見たこともなかったし、声を聞いたのも初めてだった。頭の中に、輪郭のあやふやな真っ黒い小柄な女の影が浮かぶ。

離婚して五年も経つのに、何をしに現れたのか。義父が亡《な》くなったとしても、彼女とはもう他人のはずではないか。

去り際、佑香は夫に、私に何かを伝えるようにと言っていた。それが訪問の理由なのか。

渦巻く疑問に、台所の床の木目が、水面に落ちた油膜のようにゆらゆらと揺れた。

三

「おはよう。お帰り」

まだ熱いままの卵焼きを箸で押さえながら包丁を入れた時、鍵を開ける音がした。玄関の方へ声をかけると、ほどなく夫が顔を覗かせる。早朝の冷たい空気にさらされたためか、頬が少し赤くなっていた。疲れた様子で通勤バッグを足元に降ろすと、台所の窓から射《さ》し込む冬の太陽の光に眩《まぶ》しそうに目を細める。

「お弁当詰めたら、出るから」

うん、と夫はマスクの中でくぐもった返事をすると、厚い登山用の手袋を外した。スクーターで通勤している夫のために、私が去年、アウトドアショップで買い求め、クリスマスのプレゼントとして贈ったものだ。

平日、夫が夜勤明けの朝は、夫が七時半に帰るのとほとんど入れ替わりに家を出ることになる。一緒に朝食をとる時間はないが、テーブルにお弁当のおかずの残りや常備菜など、簡単に食べられるものを用意して出るようにしていた。今朝はひじきハンバーグと切り干し大根煮を並べておいた。

「晩ご飯、食べたいものある？」

ブロッコリーの横の隙間《すきま》に切った卵焼きを詰めながら、シンクの蛇口で手を洗っている夫に尋ねる。カレーはもう残り少ないので、会社の帰りにスーパーに寄るつもりだった。

「今日は職場の人と出かける予定があるから、夜は適当に食べる」

自身の手元を見つめたまま、夫はそう答えた。泡だらけの手を、何かに追い立てられるように擦《こす》り続けている。

またなの、と言いそうになるのをこらえて、分かったと告げる。荒々しい手つきで弁当箱に蓋《ふた》をすると、テーブルに広げたランチクロスの上に置いた。

「じゃあ、もう行くね」

夫に背を向け、弁当箱を包んだクロスを強く結ぶ。椅子《いす》に置いたバッグを摑《つか》むと、振り返らずに玄関に向かった。夫の返事はなく、水の流れる音だけがしていた。

三か月前のあの日を境に、夫はそれまでとは別人のように変わってしまった。

いつもぼんやりしているか、そうでなければ思いつめた顔で、笑うことも自分から話すこともしない。話しかければ受け答えはするが、それもほんのひと言ふた言だった。

傍目《はため》から見れば、父親が急死したためだと捉《とら》えられただろう。だが、あの日の玄関先での佑香とのやり取りを聞いていた私には、そうとは思えなかった。

夫は、何か秘密を抱えているのだ。その秘密が佑香に関係したものだとしたら、妻として黙っているわけにはいかない。

そして義父の四十九日が過ぎ、十一月に入ってから、夫の行動にさらなる変化が起きた。夕方から夜の時間帯に、頻繁に家を空けるようになったのだ。

元々、夫は出不精な方で、仕事以外で出歩くことはほとんどなかった。それが急に、友達と約束をした、買いたいものがあるなどと理由をつけて、出かけるようになった。言い出す時は大体が突然で、スクーターで出かけていき、数時間は戻らなかった。

佑香と会っているのだとしか思えなかった。

最初は、もしかしたら考えすぎかもしれないと、何も言わずにいた。だが、そんなことが数回続くうち、夫のダウンジャケットのポケットにコンビニのレシートが入れたままになっているのを見つけた。買った品物は缶コーヒーが二本と今話題のコンビニスイーツで、店の場所は隣の区の聞き覚えのない町だった。

実際には受け取っていなかったが、香典返しを送らなければいけないと偽って、義母に佑香の住んでいる場所を尋ねた。佑香が弔問に訪れたことも知らなかったのだろう。義母は住所までは知らないけれど、と困惑した様子で、町の名前を教えてくれた。レシートのコンビニと同じ町だった。

このままにしておくわけにはいかない。しかし、証拠を揃えて夫を問い詰めたところで、佑香と会うのをやめてくれるだろうか。

義父の葬儀の日、佑香は夫に、奥さんに伝えてと言っていた。それはもしかしたら、二人の関係を伝えるという意味かもしれない。夫はすでに佑香との復縁を決め、私に打ち明けるタイミングを窺っているのではないか。だとすれば今さら、私に何ができるだろう。

思い悩み、自分の立場を守ろうとした私は、結果的に、もっとも言ってはいけないことを口にした。

今から二週間前のことだ。その夜、夫は珍しくいつもより早い時間に帰ってきた。バラエティ番組を流しながら会話のない夕食をとり、食べ終わった夫が席を立とうとしたところで、相談したいことがある、と切り出した。

「年末に、二人で旅行に行かない？」

夫は、驚いた顔で私を見た。夫と目を合わせて話をするのは久しぶりで、緊張で声が変に高くなる。

「大晦日《おおみそか》と元日は、あなたも休みでしょう。一泊だけで慌ただしいけど、前から行ってみたかった旅館があって」

スマートフォンを取り出し、旅行サイトのページを表示してテーブルに置く。

「ここ、ダメ元でキャンセル待ちしてたら、ちょうど空きが出たって連絡がきたの。丹沢の方にある温泉旅館なんだけど、旅番組で紹介されてて、料理も美味《おい》しいし景色も温泉も最高だって」

夫は無言のまま、部屋からの渓谷の眺めと旅館の外観が並ぶ写真を見下ろしている。もしかして失敗したのだろうかと、鼓動が速まった。

夫を失いたくなかった。過去はどうあれ、私は夫に選ばれてここにいるのだ。だから佑香のことなど知らないふりをして、堂々と妻として、夫婦として連れ添っていけばいいと開き直った。

「お義父《とう》さんの四十九日も無事に終わったし、そろそろのんびりしてもいいんじゃない?」

自分の言葉が上滑りしていくように感じて、それ以上、何も言えなくなった。夫の顔を見るのが怖くて、テーブルの端の辺りに視線をさまよわせながら、返事を待った。

「旅行なんて、そんな金、ないだろ」

低い声でそう言うと、夫はスマートフォンをこちらへ押しやった。

「でも、ここはそこまで高くないって。レンタカーもオプションでつけられるし」

なぜか、引き下がることができなかった。今思えば、夫が本当の理由を言わないまま、ただ私の提案を退けたことに、納得がいかなかったのだ。

「こういうことは、先に相談してくれよな」

「だから言ったでしょう。キャンセル待ちが当たったんだって」

とげとげしい口調になるのを止められず、その自分の語気の強さに、ますます気が立った。顔が火照《ほて》り、喉が詰まったようになる。

「お互い、贅沢《ぜいたく》するような給料、もらってないだろ」

放たれた言葉に、正社員に一度もなったことがないこれまでの人生を馬鹿《ばか》にされたように感じた。私にとってそれは、絶対に触れられたくない領域だった。だから私も、これまで触れずにきたことを、言った。

「あなたは、お義父さんの遺産があるじゃない」

がたん、と大きな音がして、身をすくめた。

恐る恐る目を開ける。夫が立ち上がり、椅子が後ろに倒れていた。

体が固く強張《こわば》って、言葉を発することができなかった。ただ、呆然《ぼうぜん》と夫の顔を見上げていた。蒼白《そうはく》となった頬が震え、薄い唇が開く。

「お前には関係ない」

怒鳴り声を聞いたのは初めてだった。夫はぎらぎらと燃えるような目で、私を睨《にら》んでいた。殴りつけたいのをこらえるように、大きな拳《こぶし》を強く握りしめている。

自分と夫との間に、決定的なことが起きたと感じた。

謝らなければと思いながら、何をどう言えばいいのか分からずうつむいた。まばたきをすると溢《あふ》れた涙が顎《あご》を伝い、テーブルに落ちる。頭の中が熱いような、冷たいような不思議な感覚で、ただ輪郭のぼやけた空の茶碗を見つめていた。

「ごめん」

謝ったのは、夫の方だった。

「そういう話、今はしたくない」

夫は倒れていた椅子を起こすと、頭を冷やしたいと家を出て行き、朝まで帰らなかった。

夫が激しい怒りと憎しみをむき出しにしたあの夜のことを、私は忘れないだろう。ドアに鍵をかける硬い音。夫が出て行ったあと、寒々とした台所で洗い物をしたこと。

義父の葬儀の日に初めて聞いた佑香の声。佑香の去った玄関の方を向いたまま、立ち尽くしていた夫の姿。忘れてしまいたい記憶ほど鮮やかに、幾度もよみがえり、深く刻まれていく。

あれ以来、私は夫と向き合うことを避け、何ごともなかったように暮らしてきた。だから通勤バッグの中に隠されていたものを見つけた時も、どうしてそんなものを持っているのか、尋ねることはできなかった。

私は、夫に殺されるかもしれない。

もちろん、そうなることを望んでいるわけではない。自分なりに、結婚生活を続けるための努力もしている。

だが、どんなふうに働きかけたところで、人の心やあり様を変えることはできない。

暮れも押し迫った十二月下旬の深夜、警察署からかかってきた電話で、私はその事実を知ることになった。

四

「旦那さんが、トラブルに遭って怪我《けが》をされてまして。署の方で事情を聞いているので、迎えに来てもらえますか」

その日、小分けにしていた大掃除の一つである換気扇の掃除を終えて、そろそろ休もうとしていた時に家の電話が鳴った。電話をかけてきた男は、生真面目《きまじめ》な口調で、隣の区の警察署員だと名乗った。夫は昼間、シフト変更で急に夜勤に入ることになったとメールを寄こしていた。

「トラブルって、なんですか」

「ああ、旦那さんの方に落ち度はないんですよ。なんというか、勇敢に行動された結果、巻き込まれてしまったという感じで」

そう前置きをして、警官は簡単に事件の概要を説明してくれた。それを聞いて、私は夫の身に何が起きていたのかを、ようやく知った。

すぐ行きますと返事をして通話を切った。急いで身支度をして大通りまで出て、タクシーを拾う。

警察署に着いて、受付で用件を伝えた。指示された部屋で、座り心地の悪い椅子に腰かけていると、書類を挟んだクリップボードやプラスチックのトレイを抱えた中年の制服警官に連れられて、夫が入ってきた。左目の周りを青黒く腫《は》らした夫は、私を認めると顔を背けた。

「一応、首から上の怪我なんでね。検査では異常なかったけど、一晩様子を見た方がいいと思いますよ」

私にそう告げると、警官は夫の方に顔を向け、プラスチックのトレイを差し出す。

「じゃあ、あちらさんの言い分も聞いて、また連絡しますから。それとこれ——お預かりしてたスタンガン、お返ししますね」

トレイの中には、電動シェーバーのような形をした、黒い樹脂製の物体が置かれていた。あの時見つけた、夫の通勤バッグの中に入っていたのと、同じものだった。

「こちら、所持する分にはいいんですが、携帯することは軽犯罪法で禁止されてますので、ご注意くださいね。今回のように、電池を抜いた状態なら問題ないんですけれども」

警官の言葉を聞きながら、夫は疲れ果てたような表情で、灰色のカーペットが敷かれた床に目を落としていた。

入り口のロビーまで警官に見送られ、夫と二人で警察署を出た。エントランスの階段を降りたところで、私から切り出した。

「ストーカーに狙《ねら》われていた女の人を、助けようとしたって、聞いたけど」

夫は足を止めた。うつむいたまま、歩道へと続く黄色の点字ブロックをじっと見つめている。

「それ、佑香さんのことだよね」

顔を上げた夫は、何かを推し量ろうとするように目を細めてこちらを見た。私は視線を外さず、まっすぐに夫を見返した。ここで引くつもりはなかった。やがて、夫は小さく息を吐いてうなずいた。


警察署の前で立ち話を続けるのは憚《はばか》られ、通りを挟んだ向かいにある小さな公園まで歩いた。厚手のコートを着ていても凍えそうなほどの気温だったが、これから話すことを、人に聞かれたくはなかった。

公園の端に置かれた木製のベンチに並んで腰をかけると、夫は、佑香から相談を受けたのだと打ち明けた。十一月に入って間もない頃のことだそうで、それは夫が家を空けるようになった時期と一致していた。

「付き合ってた会社の上司が、別れてからも付きまとって、困ってるって連絡があったんだ。一日に何十通もメールがきて、家にまで押しかけてきたって。それで俺が、頼まれて近くを見回りしたり、何度か追い返したこともあって――今日は向こうが引き下がらなくて、殴られたけど」

「なんで、あなたが助けに行かなきゃいけなかったの」

私の問いかけに、夫はどう答えて良いか迷っている様子で、唇を噛《か》んでいる。

「——佑香が、そいつに、殺されるかもしれないって言うから」

ようやく口を開いて、出てきた言葉がそれだった。私はため息をつく。聞き方を変えなければいけないようだ。

「あなた、スタンガンの電池を外してたんだってね」

夫の目に不安そうな色が浮かぶ。私が何を言おうとしているのか、探るような顔でこちらを見つめている。

「もう一つの電池も外したの？」

警察署で渡されたスタンガンは、夫のバッグの中にあった時と、少しだけ形状が異なっていた。本来、あのスタンガンには手製のバッテリーケースが繋《つな》がれ、電池が一つ、外付けされていたのだ。派遣先の家電メーカーで研修を受けていたおかげで、部品の用途くらいは見ただけでも分かった。技術者だった夫なら、容易にできた細工だろう。

「さっき返してもらったスタンガン、元々は改造されてたよね。電池を増やして、出力電流を上げるために。ストーカーから身を守るためなら、そんな必要はない。あなたはあれを使って、誰を殺そうとしていたの」

それを、夫の口から言わせなければならない。そうしなければ終われなかった。

夫は硬直したまま、膝に置いた手を握りしめていた。目を閉じ、弱々しく首を振る。

「本気じゃなかった。だから、すぐに外したんだ。本気で殺そうなんて、思ってない」

そんな言いわけで、逃げるつもりなのかと、怒りよりも悲しさがこみ上げた。私は立ち上がると、真正面から夫を見下ろした。

「電話をくれた警察の人、あなたのこと、勇敢だって褒めてたよ。ストーカーから妊婦さんを助けたって。佑香さん、妊娠してるんだよね。彼女と再婚するつもりなんでしょう」

私は絶望していた。夫が選んだのは、やはり佑香だったのだ。

私を改造スタンガンで感電死させたとしても、死因は心室細動による心不全だ。改造した証拠さえ隠してしまえば、殺人ではなく事故だと言い逃れできる。上手くいけば病死として扱われるかもしれない。夫は彼女と一緒になるために、私を殺そうとしていたのだ。

「俺の子じゃない。再婚なんて、するはずない」

祈るように両手を強く組み合わせて、夫は肩を震わせている。これ以上、嘘《うそ》は聞きたくない。もう充分だった。背を向け、その場を去ろうとした時、消え入りそうな声で。

「――親父《おやじ》の、子供なんだ」

殴られたような衝撃を受け、振り返る。夜の闇《やみ》に沈んでしまいそうな、黒々とした影となって、夫はそこにいた。その大きな体は抜け殻のように思えた。

ためらいながらも、私はもう一度、夫の隣に座った。夫は、絞り出すように語り始めた。

義父の葬儀の日、佑香が尋ねてきた理由は、遺産の請求だった。佑香は、義父の子供を妊娠していると主張した。

佑香は同居していた時に義父と関係を持ち、離婚後も会っていたのだと夫に告げた。そしてお腹《なか》の子にも遺産を相続する権利があると言ってきたのだ。

「佑香からは、浮気相手が何人かいるということは打ち明けられたけど、それが誰かは、聞いても答えなかった。あとになって思えば、さすがに言えなかったんだろう」

当時、夫は仕事で遅くまで帰らないことが多く、見えないところで妻が何をしているか気づける状況になかった。離婚を決めたことを両親に告げた時、義母はどうにかやり直せないのかと反対したが、義父はただうつむいて、押し黙っていたという。

「どうしてそんなことしたんだって、問い質《ただ》したくても、もうできなくて。昔から、親父とはあまり話さなかったから、腹が立つっていうより、なんでだよって。考えても、仕方ないのにな」

母親には、とても話せなかった。誰にも相談などできなかった。どんな目に遭わされても人を責めることのできない夫は、みっともない、情けないと、ひたすらに自分を恥じた。

そうして一人苦しむうちに、今度は佑香が、ストーカーから守ってほしいと頼んできた。元々は佑香の恋人だったという上司が、別れ話に激昂《げっこう》し、自分を捨てるなら殺してやると、妊婦と知らぬ佑香に付きまとっていたのだそうだ。

相手が苦悩の元凶であったとしても、その状況では助けないわけにはいかなかったのだろう。そこまで裏切られても、彼女を守ろうとした夫が、哀れだった。

迷惑をかけてすまなかったと、夫はうなだれたまま、弱々しい声で詫《わ》びた。

「生まれてくる子に、罪はないもの。守ろうとしたことは、間違ってないと思う」

その場をとりなすつもりで口にした慰めの言葉に、弾《はじ》かれたように、夫が顔を上げた。

「違う」

夫の青白い顔が、苦しげに歪《ゆが》んだ。

「もし佑香があの男に殺されたら、事故死や病死じゃないから、遺体は必ず司法解剖される。そうなれば警察は当然、胎児の父親が誰なのかを調べる。親父の子だと、人に知られるのが――」

どうしても、嫌だった。

そう告げた夫の目は、底のない洞穴を覗いたように暗く、虚《うつ》ろだった。

夫があのスタンガンで殺そうとしていたのは、おそらく、佑香だった。

五

「こちらの源泉はね、関東大震災の時に湧《わ》き出したんですよ」

つやかに磨き上げられた廊下を先に立って進みながら、小柄な女将《おかみ》が歯切れのいい口調で教えてくれた。私の母親よりもはるかに上の年代だろうが、背筋をぴんと伸ばして小股《こまた》で早足に歩く姿は、ずいぶん若々しく見える。黒い生地に青々とした竹の描かれた帯が、浅黄色の着物によく似合っていた。

「去年の冬にも一度、おいでになろうとされてたって伺いましたけど、実はこのくらいの季節が一番おすすめなんです。冬場はもう、それは冷え込みますからね」

女将はそう言ってこちらを振り返り、二の腕の辺りをさすって笑ってみせる。ふっくらした頬が持ち上がると、目じりに可愛《かわい》らしくしわが寄った。

上側が障子で目隠しされた掃き出し窓は細く開けられ、さえずり交わす鳥の声と、涼やかな川の流れる音がしていた。宿の庭先まで生い茂った森の方から、初夏の風に運ばれて樹木や苔《こけ》、土の匂いが漂ってくる。

やっと訪れることができた丹沢の温泉宿は、思っていたよりもこぢんまりとした印象だったが、建物は歴史を感じさせる数寄屋《すきや》造りで、屋内も、古いけれども手入れが行き届いていた。案内された藤の間から望む渓谷の眺めは、写真で見た何倍も美しかった。

廊下の突き当たりには切り出された木の根とおぼしき置物と並んで、大ぶりの花器にドウダンツツジと紫の丸いアザミが生けられている。女将がその横手の引き戸を開けると、ふわりと湯気の香りがした。

「うちの温泉は強アルカリ性で、本当にお肌がつるつるになりますから。成分が濃いので、上がり湯をして、しっかり保湿なさるといいですよ。では、どうぞごゆっくり浸《つ》かってらしてくださいね」

女将はてきぱきと風呂《ふろ》の使い方を説明すると、にこやかにおじぎをして出ていった。

板張りのそれほど広くない脱衣所には、小さな扇風機と、年代物の目盛り式の体重計が置かれている。棚に並んだ脱衣かごはすべて空っぽで、ロッカーも鍵がついたままのところを見ると、ほかに客はいないようだ。早めの時間に着いたおかげだろう。

午後の陽射しが降り注ぐ大浴場は、床は黒っぽい石のタイル、浴槽には小さな水色のタイルが張られ、レトロな雰囲気だが清潔感のある明るい佇《たたず》まいだった。大きな窓からは鮮やかな緑の木々と、竹垣で目隠しのされた露天風呂が見える。

丁寧に体を洗ったあと、透明でとろみのあるお湯にゆっくりと体を沈めた。タイルの段差に背中を預け、全身の力を抜いて足を伸ばす。

目を閉じて、かけ流しのお湯が落ちる音を聞いていると、そのまま時間を忘れそうになる。ここを訪れることに迷いはあったが、やはり来て良かったと、しみじみ思った。

昨年末に警察署へ夫を迎えに行った夜、マンションに帰って、まず私が提案したのは、すぐにでも佑香の胎児のＤＮＡ鑑定をすることだった。

胎児の親子鑑定は、出産前でも可能だということを、夫は知らなかった。妊娠中の母親の血液を採取すれば、そこに含まれる胎児のＤＮＡの断片から、父親が誰か調べることができるのだ。

「遺産を相続させることになったら、お義母《かあ》さんにも話さないわけにはいかないでしょう。そうなる前に、まずはその必要があるのか、はっきりさせないと。佑香さんに、拒否する権利はないはずだよ」

突然、亡くなった義父との関係を告げられた衝撃で、佑香の話を疑うということができなかったのだろう。夫はいくらか冷静さを取り戻した様子で、佑香にその場でメールを送り、胎児のＤＮＡ鑑定を要求した。佑香は最初、そんな必要はないと突っぱねようとしたが、こちらに譲る気がないと分かったのか、数日経った大晦日の前日にようやく、鑑定に応じると連絡があった。

年末年始を夫の実家で過ごし、年明けに、夫がインターネットで申し込みをした検査機関から鑑定キットを取り寄せた。佑香に採血させた血液と、実家に残っていた義父の毛髪とを専用のパックに入れ、梱包《こんぽう》して送った。

二週間後に郵送されてきた薄い封筒を、夫の帰りを待って二人で開けた。たった紙切れ一枚の鑑定書には、父権肯定確率〇パーセントと記されていた。生物学的父親ではないと判定されたのだ。

佑香のお腹の子の父親は、義父ではなかった。

夫は鑑定書をテーブルの上に置いたまま、力が抜けた様子で呆然としていた。やがて無表情のまま、ポケットからスマートフォンを取り出すと、立ち上がって洗面所へ向かった。ほどなく、低い話し声が聞こえてきて、電話をしているのだと分かった。

「詐欺《さぎ》で訴えるのだけは、やめてくれって言われたよ」

リビングに戻った夫は、疲れきった表情でソファーに腰を下ろすと、深く息を吐いて天井を見上げた。目の端から涙がこぼれたのが見えて、顔を伏せた。

「ごめん。こんなことになって、千紘にだけは、迷惑かけないようにって思ったんだけど。たくさん、嫌な思いさせたよな。あいつが、そういう人間だって、気づけなかったから」

かすれた声で、夫はまた詫びた。腿《もも》の上に置いた両手を、悔いるように強く組み合わせている。幾度も裏切られ、これ以上ないほどに傷つけられてもまだ、自分を責めていた。

そんな人が、一時の気の迷いだったとしても、他人を殺すことを考えたのだ。

恐ろしく、みじめで、誰にも知られたくないことを――知れば傷つく相手がいることを、何をしてでも秘密にしたかった。なかったことに、したかったのかもしれない。夫がどれだけ追い詰められていたのか、一緒に暮らしていながら、私は気づけなかった。

それどころか、夫が佑香とともに私を裏切っていると思い込み、自分が傷つかないように、ただ背を向けてきた。

「大丈夫。私、嫌なことは、すぐ忘れるタイプだから」

夫の隣に座ると、なるべく軽い調子で言った。夫は、ありがとう、と小声でつぶやくと、ためらいがちに大きな手を、私の手に重ねた。

それから私たちは、抉《えぐ》られた空洞を埋めるように、ゆっくりと日常を取り戻してきた。

仕事に出かけ、帰ってきて、一緒に食事をする。別々の布団《ふとん》に寝ながらも、以前のような孤独や焦《あせ》りは感じなかった。ここにいていいのだという安心感とともに、この人の妻でいられることへの、ささやかな自信も感じていた。いずれまた、夫との関係に悩み始めることもあるのかもしれないが、その時は杏奈や留実に愚痴を聞いてもらえばいい。

そうして三か月が過ぎた頃だった。夫が突然、少々改まった様子で、休みの予定を合わせられないかと切り出した。

「前に千紘が行きたいって言ってた温泉旅館、良ければ近いうちに、行ってみないか」

佑香によってもたらされた苦しみから立ち直り、私たちが夫婦としての関係を取り戻すには、相当の時間がかかるだろうと覚悟していた。まだ早すぎるのではないかと思い悩んだ。

だが、夫がその一歩を踏み出してくれたことが本当に嬉しくて、私は結局、夫の提案を受け入れたのだった。

澄んだ空に浮かぶ薄い雲を眺めながら、のんびりと露天風呂に浸かった。女将に言われたように、上がり湯をしたあと、念入りに保湿をして、糊《のり》のきいた浴衣《ゆかた》を羽織る。手荷物を持って脱衣所を出たところで、メールの着信に気づいた。杏奈からだった。

《バツイチのユカちゃん、ついに会社辞めるって。職場にも警察が来て大変だった

よ》

杏奈の派遣先で、夫の前妻が社員として働いていることを、私は知っていた。

義母から、佑香が不動産開発会社に勤めていることを聞かされたのは大分前だが、私は忘れていなかった。業種と年代と、浮気っぽい性格でバツイチだという点が一致すれば、同一人物だと疑いたくもなる。杏奈にそれとなく名前を尋ね、その異性関係にだらしない女性社員が夫の前妻だと分かり、驚いた。今となっては勘違いだったが、夫との関係を疑っていた時は、そんな女と復縁するつもりなのかとやりきれない思いだった。

佑香は、同僚の杏奈に相談と称して、自分がいかに男性に好かれるかという話を自慢していたそうだ。傍から見れば都合よく遊ばれているだけだったが、私たちとの飲み会での話題を提供するために、杏奈は我慢強く彼女の相談を聞いていた。おかげで佑香がどんなことをしていたか、私には筒抜けだった。

昨年、佑香は自分では恋人だと信じていた若いホストに貢《みつ》ぎ込み、三百万近いお金を売掛金としてホストクラブに借りていた。さらに同時進行で不倫関係にあった上司からも百万ほど金を借りていたのだが、その関係が上司の妻にばれ、借金の一括返済とともに慰謝料を請求されていた。とにかく当時の佑香は、お金に困っていたらしい。

「そんな時に、上司かホストかどっちかの子供ができちゃってるのが分かって、どうするか悩んでるって言ってたんだよね。ちょうど千紘ちゃんの旦那《だんな》さんのお父さんが亡くなった頃じゃないかな」

借金に慰謝料に妊娠と、自業自得《じごう》の難題に押し潰されそうになっていたところで、彼女は義父の訃報《ふほう》を知った。そこで佑香はこの場を切り抜ける、最低な方法を思いついたのだ。

自分のどんな嘘でも信じてくれた元夫を、利用すればいいのだと。

義父の遺産で借金と慰謝料を支払い、子供の養育費まで引き出した上で自分はホストと結婚するつもりだったと、佑香は取り調べに対して語ったそうだ。夫が佑香を訴えることはなかったが、ストーカー扱いされていた上司が先日、警察に被害届を出したのだという。

佑香は妻に命じられて借りた金と慰謝料を支払うように頼みにきた上司に対し、警察を呼んだばかりか、そのことを会社にばらされたくなければ金を払えと脅迫したのだそうだ。妻と愛人の板挟みで疲弊した末に逆上し、騙《だま》されてその場にいただけの夫に暴力を振るったことは許せないが、おかげで佑香に相応の罰を与えられるのならば、それはありがたい。

家宅捜索で親子鑑定書のコピーが見つかったために、私たち夫婦にも警察が事情を聞きに来たが、スタンガンを改造した証拠は処分してあったし、余計なことは何一つ言わなかった。

夫には、私が杏奈から佑香についての情報を得ていたことを、言うつもりはない。夫の苦しみにも気づかず、佑香に呪縛《じゅばく》されているのだと思いこみ、邪魔になった私を殺すつもりだと考えていたなどと、言えるはずがなかった。


杏奈のメールに返信をしたあと、ロビーの端に置かれたマッサージチェアに腰かけたまま、気づけば眠り込みそうになっていた。スマートフォンに《そろそろ食事始めようか》と新着メールが届いている。慌てて立ち上がり、夫の待つ藤の間へと戻る。

配膳を終えた仲居が、会釈《えしやく》をして出て行く。畳の上に置かれた四つのお膳《ぜん》に、あふれそうなほどの料理が載っていた。刺身の盛り合わせ、山菜の和《あ》え物、川魚の姿焼き、地元でとれた野菜のせいろ蒸しと、そして名物の猪鍋《ししなべ》。

夫がビールの栓を開け、注いでくれる。慣れない浴衣姿に照れながら乾杯をした。一口飲んだ夫の喉《のど》が、ゆっくりと上下に動いた。

猪《いのしし》の肉は柔らかくて旨味《うまみ》が強く、パリッと焼かれた川魚は爽《さわ》やかな良い香りがした。ビールから切り替えた地元の日本酒も、すっきりした後味で美味しかった。

なぜか普段よりも飲もうとしない夫に、どうしたのと尋ねると、さほど酔ってもいないはずなのに、顔を赤くして答えた。

「あまり酔っぱらったら、まずいから」

夫の視線の先には、並んで敷かれた布団がある。

この日のことも、きっと私は忘れないだろう。

くすぐったい気分でお猪口《ちょこ》に唇をつけながら、九か月越しに触れ合うだろう夫の感触を想像した。

無《む》垢《く》なる手

一

いつまでこうしていなくてはいけないのだろう。

小さくため息をつくと、所在なく事前に配られてあったプリントの折り目を伸ばす。もう何度も読み返して、丸っこいフォントで書かれた内容はすっかり頭に入ってしまった。スモックを着たリスやうさぎなどの動物が手を繋《つな》いでいるイラストは、昨年と同じもののような気がする。

顔を伏せたまま、そっと隣に視線を向けると、自分と同年代の父親が気だるそうにスマートフォンの画面を眺めている。きっと妻から、代わりに出席するように言われたのだろう。教室には送り迎えでも顔を合わせたことのない父親が何人かいて、うちもそうすれば良かったと、真面目《まじめ》に参加したのが馬鹿《ばか》らしくなった。

娘たちが通う保育園では、新年度の最初の保護者会でクラス委員を決めることになっている。バザーや運動会など、行事の時に手伝いをするだけなので幼稚園に比べれば負担は少ない方らしいが、それでも前日準備では仕事を早退しなければならず、できることなら引き受けたくないという人がほとんどだ。

「あとは年長組さんだけです。ぞう組さんとくま組さん、一名ずつどなたかお願いできませんか」

教室の前の方に机を置き、こちらを向いて並んでいる保護者会役員の一人が、あからさまに苛立《いらだ》った声で呼びかける。きっちりと真ん中で分けた髪を後ろでまとめた険しい表情の彼女は次女の唯《ゆい》と同じ年中組の保護者で、確か会計を引き受けていたはずだ。

長女の舞《まい》が三歳になる年に入園したので、この保護者会に参加するのも四回目だが、毎年、年長組のクラス委員だけがなかなか決まらない。それもそのはずで、年長組には行事の手伝いに加えて、卒園の時に先生方へ手渡すプレゼントやメッセージファイルを準備するという役回りまであるのだ。それぞれ仕事のある保護者たちの意見を取りまとめたり、子供たちに書かせたメッセージを可愛《かわい》らしいファイルに収めたりという面倒な作業を、自分の子供の卒園や入学準備と同時進行でしなければならない。そんな役目を、誰が請け負いたいと思うだろう。

役員の言葉に、年中組や年少組の保護者たちがざわざわし始めた。「いい加減、帰りたいよね」などと聞こえるように言い合いながら、周囲を見回す母親たちもいる。

私だって、早く帰りたかった。私は舞が年少組の時にクラス委員を引き受けている。そしてこの場には、まだ一度も委員をやったことのない保護者が何人もいた。その人たちの中から誰かが手を挙げるべきだとみんな思っていながら、けれど名指ししてお願いすることはできない。委員はあくまで自発的にやってもらうというのが、この保育園の保護者会のしきたりなのだ。だから私のようにすでにクラス委員をやった母親は、こうして会が長引くことを知っていて、休日で家にいる父親に代わりに出席してもらったりする。

「同じ学年で二人一組で動くことが多いので、仲の良いお母さん同士で、最後の思い出に引き受けてもらえませんか。私も上の子が年長の時にやりましたけど、ファイル作るの、とっても楽しかったですよ。先生以外で唯一《ゆいいつ》、クラスのお子さんたち全員のメッセージを見られるのも、クラス委員の特権ですから」

保護者会の副会長が誇らしげに、特にありがたくもない特権について教えてくれる。ファイルの制作は手作りが好きな人には楽しい作業かもしれないが、百円ショップで買ってきたポケット式クリアファイルを色画用紙やリボンを使って装飾することなど、そういうものを作る趣味のない人間にとっては苦痛でしかない。

「決まらないとみんな帰れないので、年長さんのお母さん、誰かいませんか」

会計の役員が、尖《とが》った声を張り上げる。その大声に驚いたのか、年少組のお母さんが抱っこしていた赤ちゃんが泣きだしてしまった。

「赤ちゃんも疲れちゃうよね。もう三十分もこんな調子だし」

同じ年少組の保護者が、あんたたちのせいだとばかりに聞こえよがしに言う。そこににじむ非難は、この場にいるまだ委員をやっていない人たちに対するものだとは思うが、年長組の保護者としてはいたたまれない。赤ちゃんの泣き声が響く教室で、私はただただうつむいて、時間が過ぎるのを待った。

「――あの、あたし、やりましょうか」

不意に遠慮がちな細い声がして、顔を上げる。前の方の席で、ほっそりした白い手が挙がっていた。その指先には薄い黄色と水色を交互に塗り分けた春らしいネイルがほどこされている。背中まで伸ばした、明るい茶色の巻き髪には見覚えがあった。

「瞬《しゅん》君ママ、大丈夫なの？」

副会長が目を丸くしている。他の役員たちも、やっと立候補者が出たというのに、みんな喜ぶ様子もなく眉《まゆ》を曇らせている。

ぞう組の鈴村《すずむら》瞬君の母親——鈴村友梨《ゆり》は、私と同じく年長組と年中組にそれぞれ年子の子供を通わせている保護者だ。彼女は瞬君のクラスでも、一歳下の妹の真愛《まな》ちゃんのクラスでも、まだ委員をやったことがない。だが家庭の事情でそれが難しいということは、多くの保護者が知っている。

そういう人が無理をして委員を引き受けた場合、もう一人の委員の負担がひたすら増大するなど、後々問題が起きやすい。役員たちはそのリスクが分かっているのだ。

「鈴村さんは、お母さんの介護があるでしょう。ちょっと大変じゃない？」

会計の役員が、少し言いにくそうに口を開く。

友梨の母親は一昨年《おととし》、まだ五十代の若さで脳梗塞《のうこうそく》となり、その後遺症でほぼ寝たきりの状態となっていた。友梨の両親は離婚しており、兄弟姉妹もいないため、友梨が母親を引き取って、自宅で介護することに決めたそうだ。和食レストランでのホールの仕事を夜勤にして、保育園の送り迎えを友梨の夫が担当することで、どうにか仕事と子育てと介護とをやりくりしてきたと聞いている。

幼い子供を抱えながら親の介護までしなければならなくなった友梨に、園の保護者たちの多くが同情していた。友梨はまだ二十代と聞いたので、私より五、六歳は若いはずだ。

今日の保護者会でもそうだが、友梨はこうした場に出る時はいつも長い茶色の髪をカールアイロンで念入りに巻き、濃いアイメイクと流行のネイルを欠かさない。元々が目鼻立ちのはっきりした顔なので、かなり派手な印象を与える。人によっては母親の自覚がないと非難の目を向けるかもしれないし、実際、少し浮いているとも感じるが、私はそれを否定したくなかった。そうしたお洒落《しゃれ》を楽しむことが、若くして苦労を背負った友梨にとっての生活のうるおいなのだと思っていた。

「手を挙げてくださってありがたいけど、ご家族に負担がないように、相談してからの方がいいんじゃないかな」

副会長が穏やかにそう言い含めようとすると、友梨は「あ、それが大丈夫になって」と、あっけらかんとした様子で手を振った。

「緑台《みどりだい》の方に新しくできた特養ホームがあるじゃないですか。あそこに母が入所できることになったんです。すぐではないけど、ゴールデンウィーク明けには入れるって言われてるので」

明るい表情で友梨が告げると、それまでの張り詰めた空気が緩んだ。

「そういう状況なら、引き受けてもらってもいいかもね」

副会長がほっとした顔で、隣の会長と視線を交わす。

「じゃあ、ぞう組は鈴村さんにやってもらうということでよろしいでしょうか」

会長の問いかけに、教室の保護者たちが拍手をする。ようやく事態が進行したことで、教室の雰囲気は少しだけ軽くなった。

「あとはくま組だけね——そうだ。鈴村さん、くま組に誰か仲の良いお母さんいる？二人一組で仕事するんだから、お友達同士でやった方がいいと思うんだけど」

会計の役員の突然の提案に、和やかになりかけた教室のムードが一変した。私を含むくま組の保護者たちは、虚をつかれた表情で顔を見合わせた。

友梨と親しい保護者など、いただろうか。彼女は子供の送り迎えをしていなかったし、クラス委員の経験もなかったので、そもそも保育園で会うことがほとんどない。私も唯と舞が同じ年中組と年長組にいながら、おゆうぎ会や運動会で会った時に挨拶《あいさつ》したことがあるだけだ。瞬君や真愛ちゃんとよく遊んでいる子はいるので、その子のお母さんたちとは連絡を取り合っているかもしれないが——。

「だったら、大野《おおの》舞ちゃんのママがいいです」

飛び込んできた友梨の言葉に、耳を疑った。

「あたし、あまり保育園に来てないから、知り合いとかいなくて。でも舞ちゃんママは同じ歳《とし》の年子のママってことで、話したことがあるので」

話したことがあると言われても、こちらにはまったく覚えがなかった。他の母親と勘違いしているのではないか。だが、友梨と同じ年子の子供がいるのは、この園では私だけだ。いつのことだろうと思い起こしてようやく、四年前、舞の入園式で初めて友梨と顔を合わせた時の記憶が蘇《よみがえ》った。

二歳の舞の手を引き、まだ一歳になったばかりの妹の唯を抱っこして園のホールに向かう階段を苦労して昇っている時、同じ年頃の兄妹を連れた母親が目に入った。

「もしかして、年子ですか？　うちも年子で、上の子が入園なんです」

私の方からそう声をかけた。そして一緒に階段を昇りながらホールに入るまでの短い時間、ほんの少し言葉を交わした。「お互い大変だけど、頑張りましょうね」などということを言ったような気がする。

それだけだ。それ以外に、友梨とは会話らしい会話をしたことはない。

「――あの、でも私は一昨年、舞が年少の時にクラス委員をやってるんですけど」

呆然《ぼうぜん》としているうちに、保護者たちの視線が私に集まっているのに気づいて、慌《あわ》てて役員にそのことを伝えた。まさかここで「鈴村さんとは別に親しくないので」と断るわけにはいかない。

前に並んだ役員たちは私の訴えに顔を見合わせると、小声で相談を始めた。例の声が大きい会計の「じゃあ、いいんじゃない？」という言葉が聞こえたあと、会長がまっすぐ私の方を見て言った。

「クラス委員はお子さん一人につき一回が通例だけど、はっきり決まっているわけじゃないの。実際、過去に二回以上やってくださった方もいるので、大野さんさえ良ければ、引き受けてもらえると嬉《うれ》しいんですが」

まだぐずっている赤ちゃんを揺すっている母親の困った顔。スマートフォンを手にした父親の不機嫌な顔。同じくま組の保護者たちの安堵《あんど》した顔が、私の方に向いていた。

「――分かりました。じゃあ、くま組は私がやります」

教室にひと際《きわ》大きな拍手が響く中、こちらを振り向いた鈴村友梨が「よろしくね」とピンクのグロスが光る唇を動かしながら、満面の笑顔で手を振っていた。

二

「まあ、それで引き受けちゃったの？」

姑《しゅうとめ》の俊子《としこ》が、シンクに置いたざるの上で手早くごぼうをささがきにしながら、呆《あき》れた声を上げる。

「詩穂《しほ》ちゃんは本当、人が良いんだから。まだクラス委員をしたことのない人だって、いたんでしょう。——まあでも、ああいう人たちって、なんだかんだでやらずに卒園まで逃げちゃうのよね」

姑はため息まじりで包丁を置くと、フライパンを火にかけてごま油を注いだ。台所に香ばしい匂《にお》いが広がったところで、ざるいっぱいのごぼうをフライパンに落とす。

「アクなんか抜かない方が栄養あるし、ささがきにするとすぐ火が通るの。千切りだと、切るのが面倒でしょう」

アドバイスにうなずきながら、私もピーラーを動かす手を速め、人参《にんじん》のささがきを仕上げる。姑なら包丁であっと言う間にやってしまうのだが、不器用な私がやると、どうしても厚さが均一にならないのだ。

「ありがと、詩穂ちゃん。それ終わったら、舞ちゃんたち見ててあげて。もう炒《いた》めるだけだから」

姑が受け取った人参をごぼうと一緒に炒め合わせていく。菜箸《さいばし》で混ぜると、油のはねる小気味良い音とともに湯気が上がった。

「すみません、お義母《かあ》さん。いつも甘えてしまって」

「いいのいいの。どうせ家にいたって、退屈なだけだもの。大体、康之《やすゆき》こそ詩穂ちゃんに甘えすぎなのよ。共働きなんだから、家事と育児も半々じゃなきゃいけないのに、ちっとも役に立たないんだから」

フライパンを揺すりながら、古くてうるさい換気扇の音にかき消されないようにか、姑は声を張って息子に対する苦言を述べた。小柄でふくよかな体つきの姑は、台所に立つ時はいつも自前の白い割烹着《かっぽうぎ》姿でいかにも日本の昔のお母さんという感じなのだが、家庭についての意識や考え方はきわめて現代的だ。

自身も保育園に子供を預けて食品メーカーで働いてきた姑は、専業主婦だった実の母以上に私の気持ちを分かってくれる、頼りになる存在だった。だから五年前に唯が生まれたタイミングでこの中古の一軒家を買った時、徒歩十五分の距離に夫の康之の実家があることは、私にとってはとても心強かった。当時は姑はまだ働いていたが、昨年、定年退職してからは週に一度、こうして訪ねてきてはおかずの作り置きをしてくれている。

「康之は、どうせ今日も遅いんでしょう？」

「今の時期はどうしても、忙しいみたいです。それに新人デザイナーの教育係になってしまって、そのせいでなかなか自分の仕事が終わらないって」

夫の康之はスーパーやホームセンターなどの広告チラシの制作を請け負う会社で、デザイン業務を担当している。春先は繁忙期に当たるため、平日は娘たちが寝る時間までに帰ってくることはまれだった。繁忙期でなくても、保育園のお迎えや夕飯の支度に間に合うように退社することは難しい。

対して私は、駅前の内科クリニックで医療事務の仕事をしている。保育園にも近く、定時を過ぎて働くことはないため、子供の送り迎えと買い物、夕飯の支度は私の仕事となった。夫は出勤の時にごみ捨てをしたり、休みの日には車を運転して買い出しに付き合ってくれるが、家事と育児を半々で受け持つというのには程遠い状況だ。

「私の時代もそうだったけど、会社がそんなだから、いつまで経《た》っても女ばかり苦労させられるのよね。うちのお父さんも、最近になってやっと一人でカレーを作れるようになったくらいだから」

先週末、そのカレーを家族でご馳走《ちそう》になったばかりだった。製薬会社で研究職をしていた凝り性の舅《しゅうと》が作ったスパイスカレーは本格的で美味《おい》しかったが、舞と唯に食べられるわけもなく、姑が別に準備したキャラクターものの甘口レトルトカレーを温めてくれた。

「じゃあ、いつもどおりうちの分はもらったから。きんぴら、大人の分だけ七味をかけてね。春雨サラダは、私たちは食べないからそっちで食べちゃって」

きんぴらごぼうと手羽元の煮物の入ったタッパーに蓋《ふた》をしながら、姑が時計を見上げる。舞と唯に夕方のアニメを見せながら洗濯物を畳んでいたら、もう六時半を過ぎていた。私も慌てて立ち上がり、作ってもらったおかずを皿に盛りつける。

姑の作る料理は全体的に茶色くて味が濃いのだが、幼い頃からこの味に慣れている夫と子供たちは喜んで食べているようだし、ほんの小一時間で三品も作る手際は大いに見習いたいところだ。色どりに茹《ゆ》でたブロッコリーとミニトマトの付け合わせを並べたところで、姑がタッパーを紙袋に詰め終わった。

「いつも、ありがとうございます。ほら、舞、唯。ばあばにありがとう言って」

舞と唯は振り返って「ばあば、ありがと」と声を合わせてお礼を言うと、すぐにテレビの方へ向き直ってしまった。そんな孫たちの姿に、姑は嬉しそうに頬を緩める。

「年子になるって聞いた時は、詩穂ちゃん、お世話が大変じゃないのって心配したけど、こうしてお揃《そろ》いの服で並んでると、双子みたいで可愛いわねえ」

サイズ違いで同じ柄のトレーナーとデニムスカートは、姑が去年のクリスマスにそれぞれプレゼントしてくれたものだ。確かに、背格好もそれほど変わらず、大きな丸い目と直線的な眉《まゆ》の形がそっくりな舞と唯は、しばしば双子に間違えられる。姑の「年子」という言葉に、今日の保護者会のことを思い出し、再び憂鬱《ゆううつ》な気分になる。重苦しさを振り払うように明るい声でまたお礼を言って、玄関先まで姑を見送った。

友梨はいったい、どういうつもりで私を名指ししたのだろう。

ドアに鍵《かぎ》をかけ、キッチンの方へと戻りながら、友梨とのやり取りを思い返す。

「舞ちゃんママが引き受けてくれて良かった。二回目なのに、本当にありがとうね」

保護者会が終わると同時に駆け寄ってきた友梨は、胸の前で手を組み、心から喜んでいる様子で感謝の言葉を口にした。だが素直に受け取れる心境ではなかった。あの状況では、断る方が難しいだろう。あなたがそう追い込んだんじゃないの、と内心では腹を立てながらも、「瞬君ママこそ、忙しいのにありがとう」と、なんとか笑顔を作った。

クラス委員に決まった保護者だけが残って、役員から今後の予定を説明されることになっていた。名簿に連絡先を記入し、役員の話が始まるまで渡された年間の行事表を眺めていると、友梨がみんなから外れたところで一人、どこか落ち着かない様子で周囲を見回している。どうしたの、と声をかけると、彼女はほっとした顔になった。

「あたし、保育園あまり来ないから、他のお母さんとか知らなくて。でも舞ちゃんママと一緒なら安心だと思ったんだ。入園式の時に声かけてもらって、優しい人だなって覚えてたから」

屈託のない調子でそう言われると、本当にそれだけのことだったのだろうと思えてきた。何しろ友梨とは、その入園式以来、ほとんど話したこともないのだ。特別に悪意を持たれるような理由は思い当たらない。だとしたら友梨の言うとおり、他の保護者よりも親しみを持たれていただけかもしれない。

あれこれと考えながら使ったざるやフライパンを洗ううち、気づけばテレビでは子供向けアニメのエンディング曲が流れていた。慌てて娘たちに手を洗わせ、箸や取り皿を並べて食卓を整える。

これ以上推測を巡らせたところで結論は出ないだろう。他人の心の中など、知りようがない。私は友梨の言葉をそのまま受け取ることにした。きっと他に指名する相手がいなかったのだ。仕事と介護で忙しくしていれば、保護者との付き合いをする時間が取れないのも当然だ。

クラス委員は一度経験して、ある程度の要領は分かっている。卒園の準備は確かに負担だが、引き受けてしまったのだから、もう悩むのはやめようと決めた。小学校に上がれば今度はＰＴＡの委員をやらなければいけないのだから、この苦労も役に立つかもしれない。

「さあ、食べるよ。テレビ消すから、舞も唯も早く座ってね」

娘たちに声をかけながら、この一年なるべく気分良くクラス委員を務め上げるために、私は何事も前向きに捉《とら》えることにした。


それから二か月ほどは、あまり友梨と顔を合わせることはなかった。

そもそも保育園は幼稚園と違い、保護者同士で交流することが少ない。他の保護者と会うのはせいぜい送り迎えの時くらいで、鈴村家ではたいてい父親が兄妹の送り迎えをしていた。

服装規定のない職場なのか、いつも普段着のような恰好《かっこう》をしている友梨の夫は、妻からクラス委員のことを聞いたようで「お世話になってます」と挨拶してきた。若々しい印象を与えたいのか派手なオレンジ色のポロシャツを着ているが、友梨よりも一回りは年上と見えて、伸びかけたつやのない髪の毛は、額に近い辺りが大分薄くなっている。それほど太っていないのにお腹《なか》だけが妙に出ていて、そこもまた老《ふ》けて見える要素だった。顔は目も鼻も全体的に特徴がなくぼんやりした印象で、顎《あご》を突き出すようにしてぼそぼそと話す様子に、どうしてこの人が友梨と結婚することになったのかと、改めて疑問に思った。

友梨とは保護者会のあとに、メッセージアプリで連絡先を交換していた。その日に挨拶を送り合った以外、特にやり取りはなかったが、六月の保育参観日の前日の夜になって、突然メッセージが送られてきた。

《良かったら明日の保育参観のあと、うちで遊びませんか？　瞬がずっと、お友達とおうちで遊びたいって言ってて。ダンナは仕事なので、まいちゃんママともお茶したいです》

保育参観は土曜日だが、夫はそのあと、午後から休日出勤することになっていた。友梨の母親はゴールデンウィーク明けに予定どおり特養ホームに入所したそうで、家に子供の友達を呼ぶのは久しぶりなのかもしれない。

夫と一緒にお風呂《ふろ》に入ろうとしていた舞に、「明日、瞬君の家に遊びに行きたい？」と聞くと、目を輝かせて「行きたい！」とうなずいた。妹の唯も「真愛ちゃんと遊べるの？」と飛びついてきた。

「クラス委員の打ち合わせ？　家まで行くなんて、珍しいじゃん」

二人分のバスタオルとパジャマを抱えた夫が、意外そうに娘たちと同じ形のまっすぐな眉を持ち上げた。私より二歳年上の夫はすでに三十代の後半だが、学生時代に水泳部で鍛え、現在も休日のジム通いを続けているため、友梨の夫とは違って引き締まった体型を維持している。

「まだ運動会も先だし、特に話し合うことはないの。普通に誘ってくれただけだと思う」

夫の問いかけに答えたあと、はしゃいで歓声を上げる娘たちに、もう夜だから静かにしなさいと注意する。

平日は仕事で忙しく、休日は家族で過ごすことの多い保育園家庭では、友達の家に遊びに行くことが滅多にない。私もこれまで、数えるほどしか自宅に招いたり、招かれたりはしていなかった。時間とともに保護者会の日のわだかまりは消えていて、友梨に誘ってもらえたことは、素直に嬉しかった。この時間ではお土産は買いに行けないが、明日、友梨の家に向かう前にどこかに寄ればいいだろう。

《お誘いありがとう。ご迷惑でなければぜひ。舞に話したら、とても喜んでいます》

メッセージを返すと、すぐに友梨から《良かったです。じゃあ明日楽しみにしてるね》というメッセージが笑顔の絵文字とともに送られてきた。

だが、翌日になって保育参観に向かうと、思わぬ事態が待っていた。

その日、いつもより化粧に時間がかかり、私は動きやすいパンツに五分袖《そで》のブラウス、舞と唯はお揃いのワンピースへと慌ただしく身支度を整えると、チノパンにブルーのシャツを合わせた夫と四人で普段どおりの登園時間に保育園に着いた。出迎えの先生に挨拶して玄関に入ると、先に着いた友梨と瞬君たちが靴を脱いでいるところだった。

「舞ちゃんと唯ちゃんだ！　今日、遊べるんだよね？」

瞬君の妹の真愛ちゃんが娘たちに気づいて声を上げる。人気ブランドのTシャツにスカートという出《い》で立《た》ちで、特別にやってもらったのか、高い位置に結ばれたツインテールがくるくるとカールしていた。隣にいた友梨が真愛ちゃんの頭を撫《な》でながら、こちらに会釈《えしゃく》をする。

「俺ねー、ダイケンジャーごっこやりたい！」

先日乳歯が抜けたばかりの瞬君が、前歯のない笑顔で宣言する。「おれ」の「お」にアクセントを置いた不思議な一人称が特徴的だ。真愛ちゃんと同じブランドのTシャツを着て、いつもは酷《ひど》い寝ぐせ頭で登園してくるのに今日はワックスでもつけているのか、ツンツンと毛先を立ててある。

どちらかと言えば、瞬君は母親似のくっきりした顔立ちで、真愛ちゃんは父親の方に似ていた。成長とともに変わってくるのかもしれないが、今の時点ではちょっと真愛ちゃんが気の毒な感じだ。

「えー、おうちごっこの方がいぃ！」

舞と唯も加わって、子供たちは何をして遊ぶかで盛り上がり始めた。その場にいた先生も「あら、いいわね」などと微笑《ほほえ》ましげに見ている。

「瞬君ママ、今日はありがとう。舞も唯も、昨日から大興奮なの」

携帯用のスリッパを出して履き替えると、改めて友梨にお礼を言った。彼女は膝丈《ひざたけ》のベージュのスカートにふんわりと袖の広がったシフォンブラウスという格好で、いつものように念入りな化粧をしていた。夫も「お世話をかけます」と頭を下げる。そこで友梨は子供たちに視線を向けると、「ちょっと、いい？」と小声になった。

「実は、急なんだけど今朝、旦那《だんな》が熱を出しちゃって。家で寝てるのよ」

そう告げられて驚いた。だったらその時点でメッセージをくれたら良かったのにと思ったが、瞬君や真愛ちゃんの髪を整えたり自分の支度をしたりで忙しかったのかもしれない。

「そうなんだ。残念だけど、じゃあまたの機会にね。旦那さん、お大事に」

とっさのことだったが、笑顔で言葉を返した。楽しみにしていた子供たちはがっかりするだろうが、その状況では仕方がない。早めに娘たちにも伝えた方がいいだろうと、靴入れの前で瞬君たちとじゃれ合っている二人に声をかけた。

「あ、待って。まだうち、話してないの」

友梨が何を言っているのか分からず、思わず首を傾《かし》げる。すると友梨はばつの悪そうな顔で説明を始めた。

「今日は舞ちゃんたちと遊ぶんだって二人とも楽しみにして家を出て、もうすぐ保育園に着くってところで、旦那から熱が出たから仕事休むって電話がきたの。それで、遊べなくなったって言うタイミングがなくて」

友梨はそこで言葉を止めると、大きなため息をついた。彼女にとっても、急な話だったのだ。しかしそれでも、言うなら早い方がいいのではないだろうか。

「――だったら、うちに来てもらえば？」

その時、私の隣で話を聞いていた夫が、思いもかけない提案をした。反射的に「は？」と低い声が出る。

「いや、無理でしょ。なんの準備もしてないし」

「お菓子とかジュースは、途中で買って帰ったらいいじゃない。子供たち、あんなに楽しみにしてるんだから」

そういう準備のことを言っているんじゃない、と、つい大声が出そうになった。夫は自分でお客を招くことなどないから、何も分かっていないのだ。

今朝は参観日ということで親も子供も支度に手間取り、時間ぎりぎりで家を出たため、部屋を片づける余裕などなかった。朝食で使った食器は台所にそのままになっているし、夫と娘たちは脱いだパジャマをソファーに置きっぱなしにしていた。出かける直前まで唯が遊んでいたブロックは、廊下にまで転がっていたはずだ。

加えて、トイレと洗面所の掃除もこの週末にやるつもりだったので、とても人を招くことのできる状態ではない。とにかく、絶対に無理だ。

悪いけど、と、なるべく済まなそうな顔で切り出そうとした時だった。「舞、唯、ちょっとおいで」と、夫が二人を手招きした。

「今日ね、瞬君のパパがお熱なんだって。だから瞬君のおうちに行くのはまた今度にして、今日はうちで遊んだらどうかな」

「いいよー。舞のルミちゃん人形、ばあばに新しく買ってもらったから真愛ちゃんに貸してあげる」

舞はすんなりうなずくと、「今日は舞のおうちで遊ぶんだってー」と瞬君たちの方へ駆けていく。友達と遊べるのなら、場所はどこだって構わないのだろう。子供たちは無邪気に「やったー」と飛び跳ねている。

「僕は午後から仕事なので、どうぞ気兼ねなく。散らかってて申しわけないですけど」

夫は友梨に向かって、私には見せたことのないよそいきの笑顔を浮かべて愛想良く言った。友梨は困った顔で、「ええ、でも、そんな急にいいんでしょうか」と私の方を見た。

今さら何を言っているのかと、と怒りで頬が熱くなった。

女同士なら、突然の訪問は相手にとって迷惑でしかないと分かるはずだ。友梨が夫の申し出を即座に断ってくれれば済んだのに、あいまいな態度でぼんやりしているから、こんなことになるのではないか。

提案したのが自分の夫とは言え、またも断れない状況に追い込まれ、受け入れるしかない。クラス委員の時と同じだった。なんで私ばかり、と、悔しさのあまり涙が出そうになる。

友梨がさっさと自分の子供たちに話していれば。そもそも、家に誘ったりなんかしなければ。溜《た》まっていた家事を済ませて、娘たちと三人、ゆったり午後を過ごせたのに。

「——その方が子供たちをがっかりさせなくて済むし、そうしようよ。でも、ちょっと部屋を片づける時間もらえるかな」

声が上擦りそうになるのをこらえながら、なんとか微笑んでそう告げると、友梨は「本当にいいの？」と白々しく目を丸くした。「うん。もちろん」とうなずくと、もたもたと脱いだ靴をビニール袋に入れようとしている夫を無視して教室へ向かった。

三

「その鈴村さんって人、かなりの非常識ね。康之も考えが足らなさすぎだけど——本当にごめんなさいね、詩穂ちゃん」

事の発端が夫にあったので、姑の俊子に愚痴を言っていいものか迷った。だが一人で抱え込んでいることに耐えきれず、いつものようにおかずを作りに来てくれた際に、つい打ち明けてしまった。同じ保育園に子供を通わせる友達に言えば、ただの愚痴では済まず、友梨の悪口を広めることになってしまう。それはどうしても避けたかった。

保育参観の日から三日が経過していたが、あれから夫とはまともに口をきいていない。

その日、午前で保育参観が終わって急いで帰宅すると、猛烈な勢いで掃除と片づけを行った。舞と唯には帰り道にスーパーで買ったサンドイッチを食べさせたが、私自身は昼ご飯を食べる余裕などなかった。自分の言動のために妻がそんな状況に陥ったのを見て、さすがに気まずかったのだろう。夫も昼は食べずにそそくさと出勤していった。

「それで鈴村さん、昼過ぎに来て、夕方まで居座ってたの？」

「ええ、子供たちは楽しそうだったから、それは良かったんですけど」

友梨が瞬君と真愛ちゃんを連れて訪ねてきたのは、ちょうど二階のトイレの掃除を終えて使い捨てシートを水に流した時だった。急いで手を洗って玄関に出ると、チェーン店のドーナツ屋の箱と白い紙袋を手にした友梨が、済まなそうな顔で立っていた。

「今日はごめんね。こっちが誘ったのに、ご迷惑かけちゃって」

「ううん。舞たちも、遊ぶの楽しみにしてたし。ほら、瞬君、真愛ちゃん、上がって。遊ぶ前に手を洗おうか」

瞬君と真愛ちゃんは少し緊張した様子で「お邪魔します」と言うと、友梨の顔を見上げながらきちんと脱いだ靴を揃えた。きっと友梨からそうするように注意されてきたのだろう。舞が張り切って「手、洗うの、こっちだよ」と洗面所に案内する。

友梨が「凄《すご》い、きれいにしてるね」と感心した様子で玄関や廊下を見回すと、唯が「ママ、さっき頑張ってお掃除したんだよ」と余計なことを言った。

「うちなんか古い借家だから、掃除してもこんなふうにならないよ。床とか傷だらけだし」

「うちだって中古だよ。床と壁はリフォームしたけど、台所のシンクの高さが合わなくて、すぐに腰が痛くなるの。お姑さんは、ちょうどいいって言うんだけど」

「分かる。うちの台所も低いんだ。私たち現代人の体格に合わせてほしいよね」

現代人、という友梨の言い方がおかしくて、笑ってしまった。

ついさっきまで、苛々しながら掃除をしていたのに、こうして友梨と話すうちに、凝り固まっていた気持ちが緩んでくる。踏み台の上で背伸びしながら、妙に真面目な顔で手を洗う瞬君と真愛ちゃんの姿も微笑ましかった。

「これ、少しだけどドーナツ買ってきたの。でも、もう少しあとに出した方がいいかな。舞ちゃんたちも、お昼食べたばかりでしょ？」

「ありがとう――そうだね。ちょっと遊んで、お腹が空《す》いた頃にしようか」

自分は空腹だったが、先に食べるわけにもいかない。子供たちにそう伝えると、四人は「じゃあ、おうちごっこしよう！」とリビングの隣の和室にままごとセットを広げ始めた。

「大人はこっちで一休みしよう。瞬君ママ、コーヒーと紅茶、どっちがいい？」

友梨にソファーを勧めると、ダイニングテーブルの電気ケトルのスイッチを入れる。

「ありがとう。じゃあ、コーヒーいただこうかな。そうだ、これ、大人だけでと思って、こっそり持ってきたんだけど」

言いながら友梨が紙袋を手渡してきた。見ると白地に銀色の曲線で、地元の有名な洋菓子店のロゴが描かれている。

「舞ちゃんママが来るからと思って買ったの」

「やだ、わざわざありがとう。ここのお菓子、どれも大好きなんだ」

袋の中から取り出した菓子折りを開けると、マカロンとフィナンシェ、フルーツとナッツのパウンドケーキなど、お店の人気の美味しそうな焼き菓子が何種類も詰められている。見ているだけでお腹が鳴りそうだった。

「どれが好きか分からなくて、ついたくさん買っちゃったの。余った分はパパと食べてね」

友梨は訪ねてくる私をもてなそうと、こんなものまで用意してくれていたのだ。

急に予定が変わったのは、友梨のせいではない。それなのに私は友梨の落ち度を探し、こうなったのは彼女に原因があるのだと腹を立てていた。

私の方が年齢だって上なのに、相手の立場を考えていなかった自分が情けなくなった。そして友梨に対して、心から申しわけないと思った。

だからそのあとに友梨が笑いながら放った言葉に、愕然《がくぜん》とした。

「旦那もさあ、このタイミングで熱出さなくてもいいのに。しかも午前中に病院行ったら、インフルエンザだって。六月に普通、ならないでしょ」

「え……ちょっと待って」

どくん、と胸が鳴る。すぐには言葉が続かなかった。頭の中でいくつもの思考が渦巻き、呼吸が浅くなる。

友梨の夫の発熱は、インフルエンザのためだった。一般的にピークは冬だが、夏場でもかかるケースがある。普通の風邪と違って、インフルエンザは感染力が強い。家族である友梨や瞬君たちにも、感染している可能性が高い。

隣の部屋で《おうちごっこ》をしている子供たちに目をやった。お父さん役の瞬君に、お母さん役らしい舞が小さなお茶碗《ちゃわん》を差し出している。真愛ちゃんと唯は額を寄せ合うようにして、マジックテープでくっついた人参やかぼちゃなどのおもちゃの野菜をプラスチックの包丁で切り離すのに夢中になっている。

今、熱が出ていなくても、安心はできない。インフルエンザは発症前の潜伏期間でも感染する。あまり知られていないことかもしれないが、医療機関で働く私にとっては常識だった。私だったら、家族がインフルエンザだと分かった時点で、絶対に子供がいる家を訪ねて行きはしないだろう。

「大丈夫なの？　旦那さん、置いてきちゃって。早めに帰ってあげた方が、いいんじゃない？」

ローテーブルに二人分のコーヒーのカップを置くと、友梨が座るソファーの対角に置かれたスツールに腰を下ろす。顔が強張《こわば》りそうになるのをこらえながら、言葉を選んで、そう意見してみた。うちの子たちにうつしてほしくない、などとは言えない。

「子供じゃないんだから、大丈夫だよ。一応、出る時におかゆ作ってきたし。病院で出してもらった薬飲んだって言ってたから、すぐ熱も下がるでしょ」

帰ってほしいとはっきり言わなければ、こちらの気持ちが伝わるはずがない。友梨は自分たちがインフルエンザをうつす可能性があるとは気づいていない。悪気なく、子供を喜ばせようと遊びに来たのだと思うと、そんなことはとても言えなかった。

「それより、今日は舞ちゃんママとおしゃべりするの、楽しみにしてたんだ。あたし、ママ友とか全然できなくて。職場もおばちゃんばっかだから、同年代の人とずっと話したかったの」

友梨は身を乗り出すと、内緒話でもするように私の方へ顔を寄せ、華やいだ声でそう打ち明けた。化粧の匂いと、コーヒーの香りのする息が鼻腔《びこう》に抜け、胸が悪くなる。

それから夕方近くまで、友梨は母親の介護がいかに大変だったか、和風レストランでの接客業務がどれだけストレスが溜まるかといったことや、育児についての愚痴をたっぷり話していった。

しかし、こうしている間にも娘たちや自分にウイルスがうつるかもしれないと気が気ではなく、その苦労話の内容はほとんど覚えていない。せっかくの有名店のお菓子も、心から味わうことはできなかった。

「それで夜、帰ってきた康之さんにインフルエンザのことを話したんですけど、全然分かってもらえなくて」

ひとしきり保育参観の日に友梨がしたことへの不満を語り終えたあと、夫には出さずに残しておいたアーモンド風味のマドレーヌを姑に勧めながら、ため息をついた。

その日の晩、休日出勤を終えて帰宅した夫に、私はすぐに友梨の夫がインフルエンザだったことを報告した。そんな状況で子供のいる家に遊びに行くなんて信じられない、と憤慨する私に、夫は不思議そうな顔で首を傾げた。

「家族がインフルエンザになったら人に会っちゃいけないなんて、俺は聞いたことないけど。人にうつすのは、熱が出てる時でしょ」

「インフルエンザは発症の一日前からウイルスが出て、人にうつす可能性があるの。そんなことも知らないの？」

苛々して、つい尖《とが》った言い方をしてしまった。それで夫も意地になったのだろう。普段から自分の考えを押しつけすぎだと言われ、その日は大喧嘩《おおげんか》となった。以来、夫とは冷戦状態が続いている。

「三日経って症状がないから、結局うつらずに済んだみたいだけど、私だったら絶対そんな時に小さい子供がいる家に行ったりしないのに。お義母さんは、どう思います？」

「そうねえ。もちろん、知ってたら行かないだろうけど」

姑はマドレーヌの袋の端を破ると、小さな貝殻型の焼き菓子を齧《かじ》った。アーモンドとバターの香ばしい匂いが、こちらまで漂ってくる。

「熱が出てなくても人にうつすことがあるなんて、私も知らなかったわ。詩穂ちゃんにとっては常識なのかもしれないけど。だったらそうして怒るよりも、ちゃんと教えてあげたら良かったのに。結局、舞ちゃんたちとそのまま遊ばせてたんでしょう？」

どことなく呆れたような表情で言って、ティーカップに口をつける。それまでの同情的な態度が一転、突き放した言い方をされ、テーブルに置いた手の先がすうっと冷たくなった。なぜ、自分が責められるのだろうと、鼻の奥がつんと痛んだ。

「今回はうつらなかったから良かったけど、舞ちゃんと唯ちゃんを守るのは詩穂ちゃんの役目でしょう。母親として、もっとしっかりしなきゃ。ね？」

姑も私の表情が曇ったことに気づいたらしい。励ましたつもりなのだろうが、私には母親失格だと非難されているように感じられた。

「ああ、晩ご飯前にあまり食べたら、入らなくなっちゃう。いただくのはこれだけにして、そろそろ帰るわね」

取り繕うようにそう言うと、姑は立ち上がった。いつもどおりおかずのタッパーを持って帰る姑を舞と唯と一緒に玄関先まで見送ったあと、ダイニングの椅子《いす》に腰かけたまま、しばらく動けなかった。

本当は、インフルエンザのこと以外にもう一つ、姑に聞いてほしい話があった。だが、言える雰囲気ではなくなってしまった。

テーブルに肘《ひじ》をつき、半分近く中身の残ったティーカップを見るとはなしに眺めながら、三日前に友梨に言われた言葉を思い起こす。

あの日、年子の育児は何かと大変だという話をしたあとに、友梨は箱の中から紫色のカシスマカロンをつまみ上げると、不意に私に尋ねた。

「舞ちゃんママさあ、舞ちゃんがまだ赤ちゃんなのに、唯ちゃんを妊娠したって分かった時、どう思った？」

くるりと巻かれた髪の毛の先をいじりながら、何気ない調子だった。

「それは、年子になるから大変かもって思ったけど、まあ、なんとかしなきゃって」

そう答えた私に、友梨は笑いながら言ったのだ。

「そうだよね。堕《おろ》すわけにもいかないしね」

四

別に彼女は、間違ったことは言っていない。その口調にも含むところは感じられず、ただ思ったことを口にしただけ、という印象だった。しかし私には、どうしてここでそんな言葉を口にできるのだろうと、友梨がとても異質な存在のように思えた。

この感情を誰かと分かち合いたかった。何においても無頓着《むとんちゃく》な夫には、理解してもらえないだろう。姑にも、結局言えなかった。友梨のしていることと、言うことを、おかしいと感じているのが私だけだとしたらと思うと、怖かった。

母親が特養ホームに入所できたことで時間に余裕ができたからか、最近は友梨が保育園の送り迎えをすることが増え、これまでよりも顔を合わせる機会が多くなった。だが朝は子供を預けてすぐに出勤するので、挨拶程度の会話しかすることがない。だがお迎えの時に、舞と唯が瞬君たち兄妹と遊びたがるようになった。

父親が迎えに来ていた頃は子供たちを引き取るとすぐに帰っていたのだが、友梨は帰る前にいつも、瞬君と真愛ちゃんを園庭で遊ばせた。うちの園はお迎えの時間が午後四時から七時までの間となっていて、日が長くなってからは、六時くらいまでは子供を遊ばせることができる。

私が仕事を終えて普段どおり五時半頃に娘たちを迎えに行くと、たいてい瞬君と真愛ちゃんが、園庭のタイヤブランコや滑り台などの遊具で遊んでいた。自宅で一緒に遊んだことですっかり仲良しになった舞と唯は、二人の姿を見ると「ちょっとだけ遊びたい」と園バッグを私に預けて駆け出していくようになった。

本当なら早く夕飯の買い物をして帰りたいのだが、一旦《いったん》遊び出してしまうと、切り上げるタイミングがなかなか難しい。結局、園バッグを抱えてしばらく子供たちを見守ることになってしまう。そしてその間は、一緒に子供を遊ばせている友梨との会話に付き合わなければならない。

話していてよく分かったのは、同じ年齢の年子の子供を育てていること以外に、彼女との共通点はほぼないということだ。

私は今も住んでいる地元の横浜で生まれ育ち、都内の大学で同じ横浜生まれの夫と出会って結婚したが、友梨の実家は北関東の漁港近くの町だった。隣県出身の夫とはまだ十代の頃にアルバイト先のカラオケ店で知り合い、それが縁で結婚したのだという。夫は現在は通信会社のコールセンターで働いているとのことだった。

最近はまっているものはスマートフォンのゲームアプリだそうで、私と話している間も、時々端末を取り出しては操作を始めた。

「今やってるのはパズル系が三つと、育成ゲームが四つかな。休みの日とか、朝から遊んでて気づくと午後だったりするの」

共通の話題を探そうと、最近流行のドラマの話を振ってみても、ゲームで忙しく、ほとんどテレビは見ないのだという。

「うち、家族全員ゲーム好きだから、テレビもほとんどゲームにしか使わないの。瞬なんか寝るまでずっとやってて、もう旦那より上手《うま》いんだよ」

　友梨が得意げに話すのを聞いて、あの保育参観の日、家に遊びに行かなくて済んで良かったのかもしれないと思った。保育園でも年長組になると携帯ゲーム機を持っている子が多かったが、我が家では私の考えで、娘たちにゲームをさせるのはなるべく先にしようと決めていた。

　教育方針は家庭によってそれぞれなので、うちと違ったところで、大して思うところはない。だが、時折浴びせられる友梨の無遠慮な物言いは、やはりどうしても気になった。

「舞ちゃんパパって、細いけど結構筋肉あるよね。今も一緒に寝てるの？」

　子供の寝かしつけの話をしている時に、急にそんなことを聞いてきたりするのだ。夫のことを褒めてくれたのかもしれないが、彼女に夫婦のプライベートなことまで話したくはない。どう答えようかと戸惑っていると、「うちは旦那だけ別の部屋で寝せてるよ。いびきがうるさいし、加齢臭きついし」と知りたくもない話が始まった。

「そういえば舞ちゃんって、なんか病気とか障害とか、ないの？」

　ある時、何の前置きもなく突然そんなことを聞かれて、面食らったこともある。どうしてそんなことが気になったのかと、逆に尋ねた。

「うちの旦那の弟の子供が、発達障害って聞いて。全然元気な普通の子なんだけど、それでも障害なんだって。それで、もしかして普通に見える子も、そうだったりするのかなって思って」

悪びれた様子もなく、ただ気になったから聞いた、という感じだった。

「一応健診では、何も言われたことないけど」

答えながら、私はどうやら友梨は、少し人とは違っているのではないかと思った。

おそらく、あまり同年代の母親との付き合いがなかった友梨は、どこまで相手の領域に踏み込んでいいかという判断が苦手なのだろう。そして何事も直接的な言い回しをしがちで、それがたまに、相手をぎょっとさせるのだ。

そうした他人との距離感や言葉の選び方、趣味や子育ての方針など、私とは異なる部分が多かったが、友梨は決して悪い人ではなかった。

誰かの陰口を言うこともなかったし、真愛ちゃんが他の子たちにブランコを譲らないなどのわがままを言い出した時には、すぐに叱《しか》りに行った。七月の舞の誕生日には、「瞬が舞ちゃんにどうしてもあげたいって言うから」と、親子で手作りしたというチヨコクッキーをくれた。友達から誕生日プレゼントをもらうなんて初めてのことで、感激した舞は「瞬君のお誕生日には舞がケーキを焼いてあげるんだ」と保育園で借りてきたケーキ屋さんの絵本を熱心に読んでいた。

華やかな外見からは意外だったが、友梨はお菓子やちょっとした小物を手作りするのが好きだそうで、卒園の時にプレゼントのファイルを作るのも楽しみにしていた。不器用な私からすれば、友梨と一緒にクラス委員になれたのは幸運だったかもしれない。

施設に入った母親にも、友梨は時間を見つけてはしょっちゅう面会に行っていた。

「寝たきりでいるうちに、頭もはっきりしなくなっちゃって、今はほとんどこっちの言うこと分かってないと思う。でも、あたしが行くと機嫌がいいの。食欲もあって、昨日なんか水ようかん二つも食べちゃって」

白のリネンシャツを腕まくりして唯を乗せたブランコを押してくれながら、友梨は嬉《うれ》しそうにそう語った。自宅での介護に苦労しながらも、それでもずっと、母親を大切に思ってきたのだろう。

長い時間ではないが、友梨とそうして毎日のように話をするうちに徐々に打ち解けてきて、私も自分の話をするようになった。年子だと、下の子の上の子への対抗心が強いとか、二人とも小さい時は外出するのが本当に大変だったとか、お互いに通じる話もできた。

時には姑《しゅうとめ》が作ってくれるおかずについて、やたら味が濃いことがあって困ると、夫には言えない愚痴を聞いてもらったりもした。

子供たち同士も、これまで以上に仲良くなった。特に舞と瞬君は保育時間中もお互いの教室を行き来して遊んでいるらしく、まるでカップルみたいですよと保育園の先生が笑いながら教えてくれた。


そうして友梨の人柄や、彼女との付き合い方を分かりつつあった頃のことだ。

八月も終わりを迎えたある日、舞の保育園バッグに保護者会からのおたよりが入っていた。全クラス委員が集まって、十月に開催される運動会の係を決めるというのだ。日程は九月中旬の土曜日で、友梨はその当日、仕事のシフトが入っていた。

「係決めだけなら、どちらか一人が行けば大丈夫だよ。前にクラス委員やった時も、休んでる人結構いたから」

友梨がわざわざシフトを代わってもらおうとするのをそう言って止めて、係決めの日は舞と唯を夫に預け、私が一人で参加した。役員によって配られた運動会のプログラムは、学年別のおゆうぎとかけっこ、玉入れに綱引き、保護者参加の障害物競走、最後にリレーと、去年と大体同じ内容だった。

自分の子供の応援があるので、年長組と年中組の種目とは被《かぶ》らないように、年少組のおゆうぎと祖父母による玉入れ、一歳児クラスの親子競技の係に立候補した。特に混乱もなくすべての係が決まり、その日のうちに友梨にメッセージで結果を報告した。友梨からはすぐに《了解です。忙しい中ありがとうね》と返信があった。

友梨から我が家を訪問したいと連絡があったのは、その翌週の金曜日のことだった。《先日は係決めに出てもらって助かりました。ダンナが九州に出張したのでお土産を渡したいんですが、明日の日中は在宅ですか？　もちろん玄関先で失礼するので》

係決めに出たお礼がしたいということなのだろう。以前にも、手拭《てふ》きタオルなどちょっとしたものを貸したお礼にわざわざ手作り石鹸《せっけん》をくれたりと、友梨には義理堅いところがあった。

そんなことで気をつかわなくていいのに、と、ありがたいと思うと同時に、急な申し出が少し面倒にも感じられた。明日は午後から、美容院の予約を入れていたのだ。

《お気づかいありがとう。明日、午前中は在宅していますが、午後から外出の予定があります。夕方までには帰るつもりですが、難しければまたの機会にお願いできますか？》

ちょうど夕飯の支度をしていたので、バタバタしていてそっけない文面になったが、すぐに返信をした。友梨は仕事の途中だったのか、それから二時間ほどして、やっと返信がきた。

《ごめんなさい。そちらに着くのが三時くらいになりそうなので、まいちゃんママがいなければパパさんに渡してもいい？》

思わず眉間《みけん》にしわが寄った。暗に別の日にできないかと告げたつもりだったが、察しの悪い友梨には伝わらないようだ。夜の忙しい時間帯に、この件で何度もメッセージのやり取りをしなければいけないことも、煩《わずら》わしかった。

「ねえ、明日の三時頃、家にいてくれる？　鈴村さんが九州のお土産をくれるっていうんだけど、私、美容院だから」

珍しく早く帰ってきて、ソファーで娘たちとテレビを観《み》ていた夫に声をかける。

「俺は構わないよ。どうせ舞と唯と留守番の予定だったし」

夫の了承が得られたので、《それで大丈夫です。わざわざありがとう》と返信した。友梨からはお辞儀をする女の子の絵文字が送られてきた。

翌日、朝から洗濯や掃除機がけなど溜まった家事を片づけ、家族分のチャーハンを作って手早く昼食を済ませると、一応、玄関周りの掃除をしてから美容院へ向かった。運動会の親子競技で娘たちとビデオに映る前に、いくらか毛先を揃《そろ》え、少し根元が黒くなってきたのを染めておきたかったのだ。

カラーとカットを終えて、家に着いたのはちょうど午後四時頃だった。玄関のドアを開けた時、三和土《たたき》に揃えて置かれた華奢《きやしや》なミュールが目に入った。その隣に、娘たちのものではない子供用のサンダルが二足、こちらも揃えて置かれている。

胃を摑《つか》まれたような感覚に、手の中のドアレバーをぐっと握り締める。二階から、興奮気味に騒ぐ子供の声と、どんどんと飛び跳ねる音がする。

「ちょっと、静かにしなさい！」

リビングの方から、まるで自分の家であるかのように子供たちを注意する友梨の声が聞こえた。痺《しび》れた頭の中に、だんだんと血が巡っていくように、怒りが満ちていく。

どうして彼女が、私の留守に家に上がっているのか。玄関先で失礼するとメッセージにはあったし、夫が上がっていくように言ったとしても、妻が不在なら断るのが筋だろう。

夫も夫だ。お土産をもらって気をつかったのかもしれないが、だからって私がいない時に、子供の友達だけならまだしも、母親まで家に入れるなんて。

午前中に掃除機はかけたものの、手洗いしたサマーニットやカーディガンをリビングに平干ししていたし、ダイニングのテーブルには昼食後に飲んだ《脂肪と糖の吸収を抑える》とでかでかと書かれたダイエットサプリの瓶を出したままにしていた。午前中にネットスーパーから届いた水や米や野菜の入ったかごも、FAX台の隣に置きっぱなしだった。

そんな状態の部屋を他人に見られたのがショックだった。靴を脱ぐこともせず、他には何が散らかっていただろうと思い出しながらその場に立ち尽くしていると、リビングのガラス扉が開き、聞き慣れた声が降ってきた。

「お帰り、詩穂ちゃん——休みの日に、急にごめんなさいね。お父さんがゴルフに行っちゃって退屈だったから、舞ちゃんたちの顔を見に寄ったのよ。そしたら鈴村さんがちょうど訪ねてこられて」

扉を手で押さえ、にこにこしながら振り返った姑の後ろから、膝丈でノースリーブの黒いワンピースを着た友梨が出てきて、済まなそうに手を合わせる。

「ごめんね、舞ちゃんママ。お姑さんが、瞬たちにアイス食べて行けばって言ってくれて、そのまま遊んじゃってるの」

「だって、こんな暑い日に外で食べたら、すぐに溶けちゃうもの。それにたくさん買いすぎたから、みんなで食べてもらって助かったのよ。冷凍室に入りきらないところだったわ」

姑は、これもテーブルに出しっぱなしだった家電量販店の広告入りの団扇《うちわ》でパタパタと顔を扇《あお》ぎながら、機嫌良さそうに笑っている。

「おーい、お湯沸いてるけど」

開いたままのリビングのドアから、夫の呑気《のんき》な声がした。

「今、お茶淹《い》れるところだったの。鈴村さんからいただいた長崎カステラ、詩穂ちゃんも食べるでしょ？」

ええ、いただきます、と無理矢理笑顔を作る。たまにしか履かない、少しきつくなったパンプスを脱ぐと、友梨のミュールから離して揃えた。

「あれ？ あまり変わってないね。今日は染めただけ？」

リビングに入ると、キッチンから顔を出した夫が無神経に尋ねた。友梨が来る前に着替えてと言ったのを聞いていなかったのか、Tシャツにハーフパンツというくつろいだ格好のままだった。「長さは変えずにって頼んだから」とぶっきらぼうに答えて、ダイニングテーブルのサプリの瓶をカウンターの収納に片づける。

「あと、私がやるから座ってて」

食器棚の前で、どれが来客用のカップか分からずにまごまごしていた夫をリビングに追いやると、紅茶を淹れる準備を始めた。ちょうど台所の真上に位置する子供部屋から、またどんどんと飛び跳ねているような物音が聞こえた。

それから夕方近くまで、姑と友梨たち親子は居座り続けた。

「スーパーで箱入りのアイスが半額になってて、舞ちゃんと唯ちゃんにって思ったのに、気づいたら三箱も買っちゃってたの。暑くてぼーっとしてたみたい。年取るってホント嫌よねえ」

珍しく来客があったことではしゃいでいるのか、姑は自分の失敗話を笑いながら何度も語った。友梨が「うちの母もたまにそんなことありましたよ」と慰めると、「そう言えば鈴村さんは、お母様の介護をされてたのよね」と、今度は友梨の話になる。食事や入浴の介助など、自宅での介護の苦労話をひととおり聞いた姑は「今時、偉いわねえ。お若いのにご立派よ」と友梨を褒めたたえた。

子供部屋で遊ぶのに飽きた子供たちはリビングでダイケンジャーごっこを始め、いっそう騒がしく盛り上がった。瞬君がヒロインのピンク役を演じる舞を守って悪役の妹たちと戦う姿に、姑が「あらあら、お似合いねえ」と笑う。

「瞬君、かっこいいし、舞ちゃんもらってもらえばいいんじゃない？」

にやついた顔でそんなことを言われ、どう答えていいか分からなかった。友梨は「瞬は舞ちゃん大好きだから、大きくなったらぜひ」などと姑に合わせている。

思わず夫の顔を見たが、やり取りを聞いていなかったのか、夫は「うちも男の子が生まれてたら、楽しかったかもなあ」と間延びした口調でつぶやきながら、カステラの薄紙を剝《は》がしていた。

五時半頃になって、やっと姑が夕飯の支度があるからと腰を上げ、続いて友梨も「そろそろお暇《いとま》するね」と、瞬君たちに使ったおもちゃを片づけるように命じた。

先に出ていった姑を見送ったあと、瞬君と真愛ちゃんが帰る準備を始めたところで、事件が起きた。

帰る前にとトイレに行った真愛ちゃんが、なかなか出てこない。瞬君はもうサンダルを履いて待っていて、夫と舞と唯も、玄関まで見送りに出ようとしていた。友梨が「どうしたの」とドアをノックすると、トイレの中から真愛ちゃんのすすり泣く声がする。友梨は眉根《まゆね》を寄せると、「ごめん。失敗したかも」とつぶやいた。

いいから開けなさい、と強い口調で声をかけながら、友梨が再びドアをノックすると、そろそろとドアが開いた。トイレの床の上に、濡《ぬ》れて塊になったトイレットペーパーが小さな山を作っている。そのそばに真愛ちゃんが、目を真っ赤にしてうつむいていた。

「真愛、遊ぶのに夢中になってたりすると、たまにトイレ失敗しちゃうの。ホントごめんね。すぐ拭くから」

友梨は手慣れた様子でトイレットペーパーをがらがらと大量に引き出すと、腰をかがめてまだ濡れている床を拭き始めた。ワンピースの裾《すそ》から、形の良い白いふくらはぎが覗《のぞ》く。この状況では仕方ないとしても、そうして自分の家のように振る舞われることに苛立《いらだ》った。

「真愛ちゃん、こっちおいで。唯の服貸してあげるから、上でお着替えしよう」

友梨のそばで動けずにいる真愛ちゃんに手招きをする。「え、悪いからいいよ」と友梨が首を振ったが、夏場で風邪をひく心配はなくても、汚れた服で帰らせるのは気の毒だ。「大丈夫。気にしなくていいから」と、トイレから出てきた真愛ちゃんの手を引いた。

真愛ちゃんは「ごめんなさい。ありがとう」と恥ずかしそうな顔でお礼を言うと、私と一緒に階段の方へと向かった。まだ足が濡れていたらしく、真愛ちゃんが歩いたあとの廊下に点々と足跡がついた。それを見て、思わず顔をしかめてしまった自分が嫌になる。いくら友梨に対して苛々していたとしても、ほんの五歳の真愛ちゃんがトイレを失敗したことに腹を立てているのが情けなかった。何より可哀想《かわいそう》なのは真愛ちゃんなのに。

まだ買ったまま下ろしていなかった唯の下着のパンツと、なるべく可愛《かわい》いスカートに着替えさせて下へ降りると、洗面所の方で水音がした。友梨が手を洗っているのだろう。汚れた服を入れたビニール袋を手渡そうと、洗面所の引き戸を開けた。

「あ、舞ちゃんママ、ありがとう。これ、洗っちゃうから」

振り向いた友梨の手元に、見慣れたグリーンのチェックの柄が見えた。トイレの床に敷いていたマットだった。

「このマットも汚れちゃってて、今、すぐ洗い終わるね。洗剤、その辺の洗濯用のやつ適当に借りたから。本当にごめんね。ちゃんと私が真愛に声かければ良かったんだけど――」

「やめてよ！」

思いがけない大きな声が出たことに自分で驚き、動悸《どうき》が激しくなる。友梨が目を丸くしてこちらを見ていた。

「そこまで、しなくていいよ。色々、勝手に触られたくないの」

言いながら、涙が出そうになる。どうして私はこんなに、友梨に腹を立てているのだろう。自分でも分からず、感情を抑えられなくなっていることに戸惑った。

「うん。断らずにごめんね。じゃあ、このままにして帰って、いい？」

さすがに私が平静でないことを察したのだろう。友梨は私がうなずくのを見て取ると、床マットを洗うのをやめ、手を洗って玄関へと向かった。

友梨を家に上げたのは姑だし、真愛ちゃんがトイレを失敗したのも仕方のないことだ。友梨自身は何も悪くない。なのに我を失って怒鳴りつけてしまったことに、困惑しながら、強い自己嫌悪《けんお》を覚えていた。重い足取りで、でもせめて笑顔で見送ろうと、玄関へ向かった。だが、事態はそれだけでは終わらなかった。

子供たちを急《せ》かしながらミュールに足を入れていた友梨に、舞たちと一緒に見送りに出ていた夫が、何か思いついたような顔で尋ねた。

「鈴村さんは、お住まいはどの辺りですか？」

「うちは保育園を挟んで、反対側なんです。駅前のバス通りをまっすぐ行った、つつじ坂の上の方で」

友梨は私に気をつかってか、早く帰りたそうに早口で答える。それを聞いた夫が、例のよそいきの笑顔でうなずいた。

「やっぱり、結構遠いですね。お子さんたちの足だと大変でしょう。僕、車で送りますよ」

なぜ今、そんなことを言い出すのか。また涙が出そうになり、思わず下を向く。夫の急な申し出に、友梨は慌《あわ》てた声で「いえ、それはご迷惑ですから」と返した。

「そろそろ日も落ちてきたし、小さい子を二人連れてだと危ないですよ。距離もあるし、この辺、飛ばしてる車も多いから。ちゃんとチャイルドシートは二つ乗せてるので、ご心配なく」

うつむいた視線の端で、夫が壁にかけてある車のキーを手に取った。

「ちょうどビールが切れそうで、夕飯前に買いに行こうかと思ってたんです。ママ、鈴村さんたち、送ってあげていいよね？」

友梨が夫の運転する車に乗ることが、耐えきれないほど嫌だった。だが、そう感じている自分が、何よりも嫌だった。

確かに、外はすでに薄暗くなっている。大通りに出るまでは歩道が狭いわりに車通りが多いので、子連れで帰るのは大変だろう。私は笑顔を作って顔を上げた。

「うん、そうしてあげて。瞬君ママ、その方が安心だから、遠慮しないで乗って行ってよ。パパ、安全運転でね」

「えー、舞も瞬君たち送って行きたい！」

「それは無理だよ。チャイルドシート二つしかないんだから」

夫は苦笑して舞の頭をなでると、「じゃあ、行きましょうか」と友梨を促した。瞬君と真愛ちゃんは、思わぬドライブの提案に「わーい、やった」と無邪気に喜んでいる。

「舞ちゃんママ、お休みの日に長居した上に、色々、本当にごめんね。じゃあ、ちょっと旦那《だんな》さん借りるね」

夫の親切に困っているような笑顔で言った友梨の「旦那さんを借りる」という言葉に、再びお腹《なか》の底でちりちりと火が燃えるような苛立ちを覚えながら、必死でそれを抑えつけた。一緒に行けずに不満顔の舞と唯とともに玄関先で友梨たちを見送ったあと、自分の中のどろどろしたものをすすぎ落とすように友梨や姑が使ったカップを洗って片づけ、夕飯の支度を始める。

三十分ほどかけて、豚の生姜《しょうが》焼きと千切りキャベツという簡単な夕食が完成した。お腹を空かせた舞と唯が、「パパ、早く帰らないかな」とそわそわし始める。

車なら、往復で三十分もかからない道のりだが、夫は途中でビールを買うと言っていた。念のため、「もう晩ご飯できてるよ」とスマートフォンからメッセージを送ったが、運転中だからか返信はなかった。さらに三十分待っても返事はなく、電話をかけても出なかったので、娘たちには先に夕飯を食べさせた。

その日、夫が帰ったのは、夜の八時を過ぎてからだった。

五

「ねえ、今日も遅いの？」

唯の髪を三つ編みに結ってあげながら、洗面台の前で電気シェーバーで髭《ひげ》を剃《そ》っているYシャツ姿の夫に尋ねる。夫は鏡越しに暗い目で私を見ると、「ああ、うん」と不明瞭《ふめいりょう》な声で答えた。

友梨たちの訪問があった週末から、今日で六日が経《た》とうとしていた。あの日以来、夫は何か考え込んでいる様子で、口数が少なくなった。そして週が明けてからは、急に大きな案件が入ったと言って、毎日のように残業するようになった。

「明日は、休日出勤はないよね？　晩ご飯、何時頃に家を出ようか」

前に何度も話したので覚えているとは思うが、念のため確認した。すると、夫がうろたえた顔をした。

「――ごめん。ちょっと、どうしても会社に出なきゃいけなくなって」

忘れていたのだ、と、怒りよりも悲しさが先に立った。明日の土曜日は、私の誕生日だった。

家で食事をすると準備や後片づけが面倒なので、その日は外食にしたいと以前から夫に伝えてあった。舞と唯がいるので、そんなにいい店には行けないにしても、ファーストフード店やファミリーレストラン以外で食事をするのは久しぶりなので、楽しみにしていた。レビューサイトで子連れで行けそうなイタリアンのお店を見つけ、大分前から予約を入れてあった。

「でも、ちゃんと間に合うように帰るから。予約、何時だっけ?」

シェーバーを止めて振り返ると、焦《あせ》った様子で夫が尋ねる。

「六時半だけど、舞と唯がいるから、何かあるといけないし早めに出たいの」

不機嫌さを押し殺して答えると、夫は「分かった。できるだけ早く帰るから」とうなずき、鏡の方へ向き直った。強張ったように少し肩の上がった背中が、私を拒絶しているように感じられた。

あの夜、友梨たちを送って帰ってきた夫は、明らかに様子がおかしかった。

どうしてこんなに遅くなったのかと聞くと、好きな銘柄のビールが売っていなくて、いくつかの店を探して回っていたのだと答えた。夫が買ってきたのは特に珍しくもない発泡酒で、落ち着きなく宙をさまよう視線に、嘘《うそ》をついているのだと悟った。

週明けの月曜日の朝、娘たちを保育園に送った時は時間帯が違ったのか、友梨と会うことはなかったが、夕方、仕事を終えて迎えに行くと、ちょうど瞬君と真愛ちゃんの手を引いた友梨が玄関から出てくるところだった。

紺のVネックのカットソーに白のカーディガンを合わせた友梨は、私の顔を見ると一瞬、緊張した表情になった。それから取り繕うように笑顔を作ると、こちらに手を振る。

「一昨日《おととい》はありがとう。子供たち、凄《すご》く楽しかったって。旦那さんにも、すっかりお世話になっちゃって。あ、それとこれ、唯ちゃんに借りた服。ご迷惑かけちゃってごめんなさい」

そう言って洗濯した服などが入っているらしい袋を渡してくると、いつもなら園庭で遊んでいくのに、なぜかそのまま門の方へ向かおうとする。瞬君と真愛ちゃんも、戸惑っている様子だ。

「今日は、遊んでいかないの？」

「うん。そろそろ日が暮れるの、早くなってきたから」

早口で答えると、友梨は「ほら、行くよ」と瞬君たちの手を引いた。不満顔の真愛ちゃんが「唯ちゃんたちと遊びたい」と口を尖らせる。

玄関の方へ向かいかけたところで、慌てた足取りで去っていく友梨を振り返った。

「ねえ、一昨日、夫の帰りがずいぶん遅かったんだけど」

友梨の肩がびくりと震えたのが分かった。足を止めると、どこか後ろめたそうな顔でこちらを見る。

「ゲームの話とか、ちょっと盛り上がっちゃって、遠回りしたの。そのせいだと思う。ごめんね」

友梨の言葉に、瞬君が怪訝《けげん》そうに首を傾《かし》げたのを見て、作り話だと確信した。そして夫の言いわけも、やはり嘘だったということがはっきりした。

「じゃあ、また明日ね。ほら瞬、舞ちゃんたちにバイバイして」

友梨は子供たちを急かすと、ぎこちない笑みを浮かべて会釈《えしゃく》し、不自然な早足で帰っていった。

夫が友梨たちを送った時に、いったい何が起きたというのか。友梨と夫が隠しているのは、私に言えないことだからだろう。夫の様子を見ると、とても良くないトラブルのように思えた。

だが、それがなんなのか、まるで見当がつかなかった。

直感的に頭に浮かんだのは、友梨と夫の間に何かが起きたのではないかということだ。しかし瞬君や真愛ちゃんが一緒に車に乗っているのに、それはありえない。だとしたら、他にどんなことが考えられるだろう。

あれからずっと思い悩んできたが、結局は二人から聞き出す以外、真相は分かりようがなかった。だが、友梨はきっと話さないだろう。夫に問い質《ただ》すことも、あの思いつめた様子を見ていると恐ろしくてできなかった。

「じゃあ、そろそろ出なきゃ。戸締まりとごみ捨て、忘れないでね」

髭剃りをしている夫の背中に声をかけ、唯をうながして玄関に向かった。舞はもう靴を履いて、靴入れの扉の鏡に姿を映し、今日の服装のチェックをしている。最近はそんなお姉さんらしいことをするようになった。

「ママ、明日、ハンバーグ食べられる？」

夫との会話を聞いていた唯が、スニーカーのマジックテープを留めながらワクワクした顔で尋ねる。「どうかなあ。でも、ピザはあると思うよ」と答え、ドアを開けると舞と唯の手を握った。

あの日、友梨を送る途中に何が起きたのか。夫と友梨は、私に何を隠しているのか。考えても分からなかった。でも、今回はそのままにはしておけなかった。二つの小さな手が、私の手を摑み返すのを感じながら、この脆《もろ》く大切な日常を守らなくてはいけないと、強く思った。

「すみません。ちょっと教室に入ってもいいですか？　舞のクレパス、白いのが折れちゃったって言うので」

保育園の玄関で出迎えをしていた先生にそう頼むと、新品の白のクレパスをバッグから出した。

「あら、それでしたら私がお預かりしましょうか」

「いいえ、お忙しいでしょうし、それに名前もこれから書くところなので」

親切に手を差し出してくれたのを断って、舞と一緒にくま組の教室に向かう。クレパスを新品と入れ替えたあと、隣のぞう組の教室を覗いた。私の顔を知らない子供たちが「誰のママ？」と尋ねてきた。

「おはよう、瞬君」

教室の前の方で、他の男の子と電車のレールを繫《つな》げて遊んでいた瞬君に声をかける。

「舞ちゃんママ。どうしたの？」

驚いた顔で立ち上がった瞬君が、こちらに駆けてきた。

「この間は、遊びに来てくれてありがとうね。舞も唯も、とっても楽しかったって」

瞬君の前にしゃがみ、目線を合わせてお礼を言うと、瞬君は「俺も楽しかった」と、いつもの「お」にアクセントを置いた言い方で照れたように笑った。

「舞のパパも、車で送った時にゲームのお話ができて楽しかったって」

「え？　俺、ゲームの話、したかなあ？」

瞬君はこの間と同じように、不思議そうな顔になる。

「じゃあ、ゲームの話じゃなかったのかも。舞のパパ、なんの話してた？」

そう尋ねて、瞬君の目をじっと見つめた。もしかしたら、怖い顔になっていたのかもしれない。瞬君は叱られた時のように、少し強張《こわば》った表情になったあと、慌てて告げた。

「そうだ。ゲームの話、舞ちゃんのパパが、ママと車降りた時に話してたのかも。俺と真愛は車の中で待ってててって言われたんだ。なかなか戻ってこなくて、真愛、泣いちゃったんだよ」

瞬君の告白を聞いたあと、先生に挨拶《あいさつ》して保育園を出た。職場に向かいながら、友梨とのこれまでのことを思い起こしていた。

友梨と夫は先週、彼女が家を訪ねてくるまで、ほとんど接点はなかったはずだ。それが急に、深い関係になるなんてことがあるだろうか。しかも自分の子供を車で待たせてそんなことをするなんて、母親として、普通は考えられない。

だが、もしも友梨の目的が、夫そのものではなく、私を苦しめることだとしたら、どうだろう。

思えば春の保護者会で、友梨が私をクラス委員に指名した時から、それは始まっていたのかもしれない。私は今まで、友梨の言動に悪気はないのだと考えるようにしていた。だが、クラス委員のことも、自分の夫がインフルエンザなのに家に訪ねてきたことも、早く帰りたいのに毎日園庭で子供を遊ばせるのに付き合わされたことも、すべてが悪意によるものだったとしたら——。

これらの行為について、いくら私が不快に感じ、それを人に訴えたとしても「悪気はないんだから」あるいは「気にするあなたの心が狭いのよ」と反論され、同情してはもらえまい。

先週のことだって、夫との間に何かがあったという証拠はないし、子供が一緒なのにそんなことをするはずがないと一笑に付されるだけだろう。

私はもしかしたら、純真無垢《むく》を装《よそお》ったおぞましいものの手に、捕らえられようとしているのかもしれない。

だとしたらなぜ、私が標的になったのか。友梨とは同じ年齢の年子を育てているというだけで、「保育園でも繋がりはなく、入園以来ほとんど話したこともなかったのに。

その疑問の答えらしきものは、友梨の夫の唐突な告白によってもたらされた。

夕方、舞と唯を迎えに保育園に向かうと、珍しく友梨の夫が瞬君と真愛ちゃんの迎えに来ていた。友梨がいないからか、ここぞとばかりに瞬君が園庭に飛び出していき、真愛ちゃんもそれに続いた。舞と唯も「ちょっとだけ遊ぶ」と、園バッグを預けて走り出す。

「すみません。なんか瞬と真愛が、いつも遊んでもらってたみたいで」

突き出た腹を揺すりながら二人分の園バッグを手に園庭に出てきた友梨の夫が、私の横に並び、会釈をした。友梨は今日は、母親の面会に行っているのだという。

あまり外に出ないのか色が白く、半袖《はんそで》のTシャツから出た腕が胴回りに対して不自然なほどに細い。絵本に出てくるハンプティ・ダンプティみたいだ。そんなふうに思いながら、じっと見つめていたことに気づいて視線を外す。

「こちらこそ、いつもありがとうございます。瞬君、いつも真愛ちゃんの面倒を見てあげて、優しいお兄ちゃんですね。うちは同じ年子だけど、喧嘩ばっかりで」

子供たちの方へ顔を向けてお礼を言うと、友梨の夫は「それも、羨《うらや》ましいですよ」と苦笑交じりに告げた。

「うちは、真愛が僕の連れ子でしょう？　年子って言っても、血は繋がってないから、瞬も真愛もお互い遠慮があるんでしょうね。なかなか喧嘩にならないんです」

六

土曜日の朝、休日出勤すると言って、夫は普段と同じ時間に家を出た。いつもと違ったのは、車で出かけていったことだ。

「電車だと、何かあって遅れたら嫌だろ？　ママの誕生日に遅刻するわけにいかないから」

夫はそう説明したが、不自然に明るい口調が空々しかった。

「分かった。じゃあ行ってらっしゃい。私は昼のうちに家事とか済ませておくから」

波立つ内心を隠して、どうにか笑顔で返す。夫を送り出したあと、ゆっくり起きてきた舞と唯に朝ご飯を準備した。

明日は雨になると聞いたので、今日のうちに保育園のお昼寝布団《ぶとん》のシーツを洗濯しておく。シーツをベランダに干したあとは、唯の体操服のゼッケンが取れかかっているのを繕った。裁縫を終えると、今度は遊んでいた舞と唯におもちゃを片づけさせて掃除機をかける。

家事をしながら、夫は今、どこで何をしているんだろうと考えた。それは妻に嘘をついて、子供たちと過ごす休日の時間を費やしてまで、したいことなのか。

おそらく夫は、友梨に誘い出され、二人で会っているのだろう。

私は友梨の悪意を確信していた。入園式の日に、私が彼女にかけた言葉。あれから友梨は、私を憎み続けていたのだ。

「もしかして、年子ですか？」

「うちも年子で、上の子が入園なんです」

四年前の言葉を、友梨はずっと覚えていた。それは嬉しかったからではない。

友梨の夫から慎重に聞き出したところによれば、友梨と再婚したのは、瞬君が入園する前の年のことだそうだ。前妻はまだ赤ん坊だった真愛ちゃんを置いて出て行ったとのことだが、人見知りの激しかった真愛ちゃんは友梨に懐《なつ》かず、当時の友梨は相当育児に悩んでいたらしい。

そんな時に、何も知らずに私は「お互い大変だけど、頑張りましょうね」と、軽々しく同調してみせたわけだ。自分とは違い、血の繋がった子供を育てる苦労知らずの《同じ年齢の年子の母親》の励ましは、さぞかし癇《かん》に障《さわ》ったことだろう。

そして間もなく、友梨の母親は脳梗塞《のうこうそく》で倒れ、思うようにいかない育児に加えて介護までを担わなければいけなくなった。その苦難もまた、私に対しての憎しみを強める糧《かて》となったのかもしれない。どうして自分ばかりが、と、誰かを恨まずにはいられなかったのだろう。

それらの蓄積された憎悪が、とうとうあふれ出したのだ。クラス委員に引き込み、家族ぐるみで私の領域に踏み入っては些細《ささい》な嫌がらせを続け、ついには夫を誘惑した。

だが、それが分かった今、されるがままになっているわけにはいかなかった。友梨の苦しみや、私を憎む気持ちは理解できたとしても、そんな逆恨みを引き受けるほど、私はお人よしではない。自分と家族を守るために、立ち向かわなくてはいけない。

「舞、唯。お昼ご飯が終わったら、ばあばのおうちに行こうか」

昨日のうちに、午後に二時間ほど娘たちを預かってほしいと姑に頼んであった。キッチンに立つと、冷凍ピラフをフライパンで炒《いた》めながら、この事態にどう決着をつけるかを考え始めた。

舞と唯を夫の実家に預け、大通りまで出てバスに乗り、駅から電車で二十分ほどの距離にある市街へと向かう。駅前からほど近いところにある市民公園に着いたのは、午後二時頃だった。

つい先週は九月だというのにうだるような暑さだったが、今日は風があるせいか、晴れていてもいくぶん涼しく感じられた。それでも入り口の噴水から続く人工の小川では、裸足《はだし》になった子供たちが歓声を上げて水遊びをしている。

その小川を通り過ぎ、公園の駐車場の木陰に入ると、夫に電話をした。

「今、駅のそばの公園にいるの。会って話したいことがあるんだけど」

これまで、夫の仕事中にそんな電話をしたことはなかった。何かを感じ取ったのか、夫はすぐに向かうと言った。

公園は、夫の勤める会社のすぐ裏手にあった。もし本当に休日出勤をしていたのなら、五分もかからず歩いて来られるはずだった。

十五分ほど経って、駐車場に夫の運転する白のミニバンが到着した。

入り口近くの駐車スペースに車が停まると、駆け寄って窓をノックする。朝、家を出た時と同じ薄いブルーのシャツにスラックス姿の夫は、驚いた顔でエンジンを切ろうとした。それを制して、助手席のドアを開ける。シートに座ると、何も言わせずにカーナビを操作した。夫が息を飲んだのが分かった。

メニューを開き、履歴のボタンを押す。今日の日付が一件。タップすると、夫の会社ではない、隣町の地図が表示された。

「会社じゃないよね。今日はどこに行ってたの」

固い声で尋ねる。夫は無言で画面を見つめていたが、やがて観念したように大きく息をついた。

「やっぱり、ばれてたんだ。鈴村さんに聞いたの？」

悪びれもせず友梨の名を出されたことに激昂《げっこう》しかけたが、どうにかこらえて首を振った。

「彼女からはまだ、はっきりとは聞いてない。だからあなたが、正直に話して」

夫は意外そうに眉を上げたあと、神妙な顔でうなずいた。そして流れていたカーオーディオを切ると、口を開いた。

「おふくろのことだけど、今日、病院に相談に行ってきた。やっぱり初期の認知症かもしれないから、一度受診してくださいって」

思いもよらない話が始まり、二の句が継げなかった。夫はハンドルに手を置くと、前を見たまま淡々と続ける。

「詩穂も時々、料理の味が濃いことがあるって心配してたんだろ？　鈴村さんのお母さんも認知症で食べたものの味が分からなくなったりしたから、それ聞いてもしかしたらと思ってたんだって。そしたら先週、おふくろがやたらたくさんアイス買ってきて、しかも同じ話を何度も繰り返して、結構症状が進んでいるのかもって帰りの車で言われてさ。こんな話、瞬君たちには聞かせられないから、車を降りて話したんだ」

夫の言葉を聞きながら、私は呆然《ぼうぜん》としていた。

友梨は姑の病気を心配して、夫に助言してくれたのだ。

そんな友梨にあらぬ疑いをかけ、私をずっと憎んでいたなどと見当違いな誤解をして、さらには夫と関係を持ったと思い込み、こんなふうに夫を呼び出して問い詰めたわけだ。

あまりの愚かさにめまいがした。恥ずかしさで、消えてしまいたかった。

「ずっと黙ってて、心配させてごめん。まずは病院で相談して、ある程度はっきりしてから話そうと思ってたんだ。でも先生の話では、もし認知症だとしても今は色々薬も開発されてるし、早くにリハビリを始めれば進行も抑えられるかもしれないって」

今週、ずっと夫の帰りが遅かったのは、会社が終わってから舅《しゅうと》と今後のことを相談したり、近くで通いやすい認知症外来のある病院を調べたりしていたためだった。

夫は今まで伝えずにいたことを改めて詫《わ》びると、「こんな話だし、詩穂の誕生日が過ぎてから言うつもりだったんだけど」と、自分の不手際《ふてぎわ》のように唇を噛《か》んだ。そんな気づかいをしてくれていたのも知らず、自ら台無しにしてしまったわけだ。

「おふくろには親父《おやじ》から伝えて、俺が病院に連れて行くことになってる。このことで詩穂に負担をかけないように、ちゃんと考えてるから、心配しないで」

こちらを向くと、言い聞かせるように夫は言った。その真剣な表情から、夫が不器用ながらも私を守ろうとしてくれていることが、温かな熱を持って伝わってきた。ありがとう、と、素直な言葉が出た。

そのあとは予定どおり、夫とともに舞と唯を迎えに行き、イタリアンレストランで誕生日のディナーを楽しんだ。車は置いてきたので、夫と私はスパークリングワイン、娘たちはオレンジジュースで乾杯をした。

迷った末にスパゲッティとピザの両方を頼み、お腹がはち切れそうになったが、サーモンとジャガイモのスパゲッティも、はちみつとチーズのピザも、どちらも美味《おい》しかった。誕生日のサービスとして出してくれたティラミスも、マスカルポーネが濃厚で本格的な味だった。

帰り道、夫は舞と唯に聞こえないように私の耳元に顔を寄せ、またいつか二人だけで来たいねとささやいた。

帰宅後、自分でも認知症について色々と調べてみたが、やはり早期に気づいて治療を始めることが大切らしかった。友梨の助言のおかげで自分も家族も救われたのだと思うと、彼女と知り合えて良かったと感謝せずにいられなかった。

翌週の月曜日、いつもより早く職場を出て保育園に着くと、園庭で舞と唯を遊ばせながら友梨が来るのを待った。私の姿を見て目を伏せた友梨に、一緒に子供たちを遊ばせようと自分から誘った。

「義母《はは》のこと、気にかけてくれてありがとう」

瞬君たちが園庭に走っていくのを心もとなげに見守る友梨に、声をかける。

「私は全然、そんなふうに気づけてなかったから、本当に助かったの。夫も私も、瞬君ママのおかげだって、凄く感謝してる」

心からお礼を言うと、友梨は眉を下げ、途端にほっとした顔になった。

「そう言ってもらえて良かった。つい心配で、何も考えずに旦那さんに言っちゃったけど、もしかしたら余計なお世話だったかもって、あとになって思って。あたし、人との距離感とか分かってなくて、いつもそれで失敗するから」

あれから、瞬君たちを遊ばせずにさっさと帰ってしまったり、態度がぎこちなかったりと様子が変だったのは、そういうことだったのだ。私が友梨の行動に悪意があるのではと疑っていた時に、友梨がそんなふうに私の機嫌を損ねたかもしれないと不安になっていたと考えると、なんだかおかしかった。

「お姑さんが早いうちに治療を始めてくれるなら、あたしも安心だな」

風に膨らむ鮮やかなマスタード色のフレアスカートを手で押さえながら、友梨が目を細めた。まるで身内みたいに思ってくれているのだと、嬉《うれ》しくなる。

実際、舞と唯は、今では瞬君と真愛ちゃんと、まるで兄妹みたいに仲良しだ。

園庭のタイヤブランコに乗った唯の背中を、真愛ちゃんが小さな手で一生懸命に押してくれていた。そこから少し離れた花壇で、自分たちの身長よりも高く伸びたひまわりを顔を寄せて見上げている瞬君と舞は、お互いの手を握り合っている。

その様子を眺めながら、人との絆《きずな》は血の繋がりだけではなく、こうして話をして、触れ合うことで築いていくのだと、改めて思う。友梨が真愛ちゃんが連れ子であることをわざわざ私に言わなかったのは、おそらく彼女がそのことを、今はまったく気にかけていないからなのだろう。

「だってさあ、アイスだったからまだいいけど、これが宝石とか、高い絵とか健康食品だったら大変じゃない。舞ちゃんパパ、普通にサラリーマンでしょ？　お姑さんの認知症で破産とかされたら、最悪だものね」

不意に友梨が、そんな話を始めた。

「まあ、確かにそれは、困るけど」

戸惑い気味に返しながら、他人の家のことでちょっと心配しすぎではないかと違和感を覚える。しかもお金のことを言われるのは、さすがに気分が良くない。

「舞ちゃんちとは、いずれ家族になるって思ってるから。あたしも他人事《ひとごと》じゃないんだよね。瞬には、結婚相手で苦労してほしくないからさ。まあ、舞ちゃんは病気も障害もないって聞いたし、瞬は舞ちゃんのこと大好きだから、上手《うま》くいくと思うんだけどね」

友梨は楽しそうに遊んでいる子供たちの方へ目をやると、満足げな笑みを浮かべた。

つられて私もそちらに視線を向ける。舞は瞬君と、互いの指と指を絡《から》めるような、私とはしない手の繋ぎ方をして、嬉しそうに笑っている。

「そういえば舞ちゃんとこって、信じてる宗教とかあるの？　うちはないけど、一応聞いておいた方がいいかと思って」

いつものように、気になったから聞いてみたという調子で友梨は尋ねた。

無邪気に頰をくっつけている子供たちを見つめながら、私はやはりおぞましいものの手に捕らえられていたのだと、体の芯《しん》が重く、冷えていくのを感じた。

裂けた繭《まゆ》

一

「誠司《せいじ》、お母さんそろそろ行くね」

階下から聞こえた洗面所と台所を慌《あわ》ただしく行き来する物音で、出勤時間が近いことは分かっていた。それでも誠司の母は、わざわざ二階に上がり、廊下に朝昼兼用の食事を置くと、きちんとドア越しに声をかける。

そうしなければ誠司は壁を殴ったり、どんどんと床を踏み鳴らしたりして抗議するからだ。約束をないがしろにすることを、誠司は決して許さない。

母親が家の中にいる間は、誠司はトイレを使わない。だから家を出る時と帰った時には合図として、必ず外から声をかけることになっている。誠司が定めたルールの一つだった。

「卵とハムのサンドイッチとコーヒー牛乳とゼリー。それとキウイも切ったから」

誠司は座椅子《ざいす》にもたれてテレビゲームをしながら、今日の献立を告げる母親の無感情な声を聞いている。いつものようにテレビ画面から目を離さず、返事もしなかった。

ノートパソコンが置かれた小さなこたつと、ウレタンの潰《つぶ》れた座椅子。その正面に二十四インチの液晶テレビ。右手の窓に面した壁際《かべぎわ》には、湿った布団《ふとん》がもうずっと敷かれたままになっている。床一面に積み上がったゴミの入ったビニール袋、排泄物《はいせつぶつ》を溜《た》めたペットボトル、汚れた衣類、雑誌の山などで足の踏み場もない六畳間は、息をするのが苦痛なほどの異様な匂《にお》いが漂っていた。

カーテンを閉め切った仄暗《ほのぐら》い室内に、ゲームのBGMと効果音、かちゃかちゃとコントローラーを操作する音だけが響く。にきび跡の凹凸が目立つ誠司の頰と、生え際の白髪がちらちらと、テレビ画面に照らされて光っていた。もう長いこと風呂《ふろ》に入っていないため、肩まで伸びた髪の毛は、脂《あぶら》じみて束になっている。

偏《かたよ》った食生活のせいか、まだ二十代の半ばだというのに体は不健康にたるみ、腹と腰の肉がだらしなくスウェットのウエストゴムの上に乗っている。朝と晩に母親が部屋の外に食事を置いていくが、誠司は野菜には一切手をつけなかった。食べたいものだけを食べ、足りなければ深夜でも朝方であっても母親のスマートフォンにメッセージを送り、菓子パンや弁当を買いに行かせた。

誠司の視線が、テレビから部屋の入口へと移る。今日に限って母親は、なかなかドアの前から去らなかった。言葉を発することはしないが、何か言いたげな気配が伝わってくる。やがてわざとらしく咳《せき》をして、お母さんはここにいるのよ、といじましく主張した。

ドアには誠司が取りつけたナンバー式の南京錠《ナンキンじょう》が二つもかけられていて、母親は部屋に入ったら殺すと言い渡されていた。誠司が母親にさせる約束は、いつもそんなふうに一方的だった。

バン、と大きな音が室内に響く。誠司が手元にあった漫画雑誌を、ドアに投げつけたのだ。

弾《はじ》かれたように廊下を叩《たた》くスリッパの音と、階段を踏み外したらしいガタンという音。ほどなく玄関の扉が開閉し鍵《かぎ》がかかる音がしたあと、家の中は静かになった。聞こえるのはまた、誠司がゲームをする音だけとなる。

「用が済んだら、すぐ下に降りるって約束だろうが」

舌打ちのあと、口の中でつぶやくと、誠司はコントローラーを苛立《いらだ》たしげに床に放り出した。画面の中のリアルな戦闘機が、薄く煙を吹き出しながら地面に落ちていく。

火柱が上がり、床の上のコントローラーが長く振動する。誠司は握った拳《こぶし》を強く目に押し当て、歯を食いしばって言葉にならない声を上げた。そうすることで、自分が破裂しそうになるのをこらえているようだった。

「――お母さん、言いたいことがあったんじゃないの」

やがて、息を吐き切ってぽかんと開いた誠司の口から、そんな言葉が発せられた。舌足らずな、少女のような口調だ。

「こっちは、聞きたくないんだよ。聞く義理もないし」

再び最初の乱暴な話し方に戻り、そう吐き捨てる。

「誠司の、好きにすればいいけどさ」

口を尖《とが》らせて、拗《す》ねたようなしゃべり方。その時だけ、誠司は喉《のど》を絞り、少し高い声を作る。

「余計なお節介はやめろよ、みゆな」

《みゆな》は誠司が作り出した、彼のただ一人の友達だ。誠司はもう二年近く、《みゆな》としか口をきいていない。

「大きい声出さないでよ。近所に聞こえたら、お母さんに病院連れてかれるかも」

《みゆな》がそう注意すると、誠司が、ふふふ、と演技じみた笑い声を漏らす。それが途中で、力が抜けたようなため息に変わる。

「んなわけねえじゃん。そもそも、あいつがやらせたんだから」

薄くまばらに伸びた髭《ひげ》を引っ張りながら、誠司はつまらなそうに言った。

誠司の架空の友達《みゆな》が生まれたのは、十年ほど前、誠司が不登校になった中学生の頃のことだ。

中学一年の冬から、誠司は学校に行けなくなった。友達はいなかったがいじめに遭っていたわけではなく、理由ははっきりしなかった。朝、目が覚めても布団から出られず、何をする気も起きなくなった。

期末試験の勉強の疲れが出たのかもしれない。数日経《た》てば気力も回復するだろうと仮病を使って休むうち、ずるずると二週間が経ち、そのまま冬休みに入って年が明けると、登校することを考えただけで腹痛と吐き気がするようになった。内科を受診しても原因は分からず、母親は不登校の相談窓口や児童精神科の外来に出向いてアドバイスを受けた。

そこで母親は、子供に気持ちを整理させるためには自分自身と対話させるのが効果的だと聞きかじってきたらしい。丸い癖のある字で「心の友達とおしゃべりしよう！」と表紙に書かれたノートを渡され、友達に打ち明けるつもりで、自分の気持ちを書いてみるようにと勧められた。

今もクローゼットの奥に仕舞われているそのノートに、誠司はこれまでの出来事や、現在の思いを書きつけた。初めは自分が何を考えているのかすら分からず、手が動かなかったが、母親が教えたように友達に語りかけたり、友達から問われたことに答える形なら、気持ちを言葉にすることができた。

なぜ突然学校に行けなくなったのか、自分でもよく分からず、不安と焦《あせ》りで押し潰されそうだった誠司は、馬鹿《ばか》らしく思える方法であってもそれに縋《すが》った。

その対話相手として誠司が心の内に作り出した友達が《みゆな》だった。《みゆな》の名前と性格は、当時好きだった学園ミステリーのヒロインから借用した。主人公の少年が探偵役で、《みゆな》は少年の推理を手助けする頭脳明晰《めいせき》な幼馴染《おさななじみ》。彼女なら悩みごとの相談相手としても頼りになりそうだった。異性の友達に設定したのは、同年代の男子に対して苦手意識があったからだ。

『父親が家を出て行ったんだ。「自分がいない方が誠司の気持ちが落ち着くから」なんて言ってたらしいけど、逃げたに決まってる。俺が父親にキレたのは、今まで成績のことばっか言われて、どんなに嫌だったか分かってほしかったからなのに』

『母親は、俺が頼んだことはなんでもしてくれるけど、ちゃんと話を聞いてくれない。

学校に行くことを考えると死にたくなるとか、同じクラスのやつらが自分とは違う生き物にしか思えないとか、何を言っても「そういうことってあるよ」って軽く流されて、本当に伝わってるようには思えない』

最初は照れもあったのか、自分の気持ちを書くことしかできなかった。だが《みゆな》の受け答えを書いてみることで、自分や周囲を俯瞰《ふかん》で見られることが分かった。

『お母さんは、誠司と本気で向き合うのが怖いんだよ。自分の子育てが失敗だったって認めたくないから。だからとにかく世話を焼いて、義務を果たした気になってるんだと思う』

『誠司はお父さんに厳しくされてたから、自己評価が低くなっちゃったんじゃない？叱《しか》られてばかりで、褒められたことがなかったでしょう。だから何をやっても自分は駄目だって、思い込んじゃってるんだよ』

ノートの対話のおかげで、誠司はこれまで気づいていなかった自身と両親との問題を掘り下げていった。しかしその先にあったのは、この両親が結局のところ、自分を受け入れてはくれないのだという絶望だった。

成績や生活態度に対して口うるさく注意はするが息子と関わろうとしなかった父親は、家を出た半年後に誠司に一言もなく母親と離婚し、二度と戻ってこなかった。

母親は相変わらず誠司の表面上の問題だけに向き合い、本質のところには触れないようにしていた。そうすることが恐ろしいからか、単に面倒だからかは分からない。母親は誠司が聞いてほしいこと、理解してほしいことがあっても、呆《ほう》けた顔で相づちを打つだけで、すべてを受け流し続けた。

生きていくのに不自由はないが誰も誠司に向き合ってはくれない空虚な家族関係の中で、いつしか《みゆな》は、誠司のよりどころになった。現在のように、ノートに書くのではなく直接《みゆな》と話すようになったのは、孤独な誠司が人と接する温かみを切望し、《みゆな》に声という実体を持たせたかったからだろう。

だが、誠司は始終こうして《みゆな》と対話しているわけではない。誠司が《みゆな》と話すのは、強いストレスを感じている時——無意識に心を安定させたいと感じている時だった。

「俺、こんなことしてて、大丈夫なのかな」

座椅子の背に体を預けたまま、誠司が弱々しくつぶやく。

「誠司は悪くないよ。仕方なかったんだから」

宙を見つめていた誠司の目が、暗い光を帯びた。布団の方に手を伸ばすと、ティッシュペーパーの箱を引き寄せる。手作りのティッシュカバーは色が褪《あ》せ、レースの部分には埃《ほこり》が溜まっていた。

引き出したティッシュペーパーを半分に千切ると、固く丸めて両方の鼻に詰める。それから顔を自分の肘《ひじ》の内側に押しつけ、匂いを感じないことを確かめた。

こたつのノートパソコンの隣に置いてある医療用のゴーグルとマスクをつけ、決意したように立ち上がると、床に散乱したごみ袋を足を使って端に寄せ、半畳ほどの空間を作る。部屋の奥へ進み、大きく息を吸ってから、テレビの向かい側の壁のクローゼットの扉を開けた。

扉の取っ手を摑《つか》んだまま、「うえっ」と誠司がマスクの中でくぐもった声を漏らす。

室内のゴミと排泄物の匂いに甘ったるい芳香剤の香りが混じり、続いて魚の血やはらわたを腐らせたような強烈な匂いが漂ってきた。

先ほど、出勤前の母親が誠司に言いたかったのは、この件だろう。

誠司はその場にしゃがみこむと、背中を丸めて何度もえずいた。ようやく顔を上げ、ゴーグルをずらして服の袖《そで》で涙を拭《ぬぐ》うと、クローゼットの中の毛布で包まれた塊に手を伸ばす。

毛布の端がめくれ、無精ひげに覆《おお》われた青白い男の顔があらわになった。

開いたままのまぶたから覗《のぞ》く眼球は、膜がかかったように濁り、水分を失ってしぼんでいた。

二

誠司は死体の顔を見ないようにしながら、クローゼットの扉をさらに大きく引き開け、奥の方へ腕を伸ばした。まずはカセットコンロを摑み出して床に置くと、それから クローゼットの中に体を入れ、一抱えもある大きな鍋《なべ》を両手で引っ張り出す。先ほどごみを寄せて作ったスペースまで鍋を運ぶと、中に折り畳んで入れてあった防水シートを取り出し、その場に広げた。シートの中央にカセットコンロと鍋を設置すると再びクローゼットまで戻り、今度は水の入ったポリタンクと、白い粉の入った厚手のジップ式ポリ袋を抱えてくる。

「お母さんが帰ってくるの、いつも夕方の六時くらいだよね。それまでに済むかな」

「間に合わなかったら、明日またやるしかないだろ」

「まあ、あとは頭だけだから、いけるかな。胴体が一番大変だったものね」

ポリタンクの持ち手にかけてあったゴム手袋をはめながら、誠司は小声でつぶやき続ける。《みゆな》と話していた方が、気が紛れるのだろう。

タンクの中の水を全《すべ》て鍋に移すと、コンロに火をつける。袋のジッパーを開け、入れたままになっているプラスチックスプーンで几帳面《きちょうめん》に五杯分の粉を水に落とした。再び袋の口を閉めてクローゼットに放り込むと、一旦《いったん》腰を伸ばし、それから音を立てないようにそろそろと布団の横の窓を開ける。匂いが外に漏れる心配はあったが、換気が必要なのだ。

レールに挟まったままのガラスの破片が擦《こす》れ、きゅっと不快な音を立てた。窓ガラスに開いた三角形の穴は、ダンボールとガムテープで簡単に塞《ふさ》いだだけになっている。

事態が生じたのは、五日前のことだった。

母親が出勤するために家を出てからそれほど経っていなかったので、時間はおそらく昼前くらいだろう。窓の外から、かすかな砂利を踏む音が聞こえた。

誠司の部屋は家の裏の細い路地に面していて、建物と路地からの目隠しとなるブロック塀との間は、庭とは呼べないような砂利を敷いただけの通路になっている。野良猫《のらねこ》が入り込んだとしても、窓を閉めていて聞こえるような足音を立てることはない。こたつに寝転んで毎週母親に買わせている漫画雑誌を読んでいた誠司は、本を床に伏せると、ゆっくりと体を起こした。

しばらく待っても、それ以上、外からは何の物音もしない。気のせいだったのかと、再び誠司が横になろうとした時、窓のすぐ近くで金属がぶつかるような音がした。続けて、くぐもったごつんという音とともに、床に振動が伝わってくる。二回目はそれにガラスの割れるような音が混じった。誠司はびくりと体を震わせ、素早くこたつにもぐり込むと息をひそめた。

サッシ窓が静かにレールを滑る音。部屋の中に、すうっと冷たい空気が流れ込んだ。閉じられていた水色の遮光カーテンが内側に膨らみ、その隙間《すきま》から、黒いニット帽をかぶった頭が覗いた。

続いて、マイナスドライバーを握った手が窓の桟を摑むと、靴を履いたままの足がにゅっとカーテンの裾《すそ》から突き出される。しわくちゃの浅黒い顔をした小柄な男は、短い足を畳むようにして窓枠を乗り越え、部屋の中に侵入すると、素早く元通りに窓を閉じた。年齢は五十代くらいと見えるが、猿のように身軽な動きだった。頭を低くしてしゃがみ、ぎょろりと光る目だけを動かす。ここで部屋の異様さに気がついたのか、男は驚いたように眉《まゆ》を上げると、警戒している様子でそろそろと首を回し、周囲を確認した。

その視線が、窓の横に敷かれた布団に向けられた時だった。不意に壁際のテレビの電源が入り、ワイドショーのコメンテーターの朗らかな笑い声が響いた。男は慌てた様子で体を捻《ひね》り、窓に飛びつくと引き開けた。

逃げ出そうと身を乗り出した時、襟首に生白い手が伸びた。床の上に仰向けに倒された男の喉を、毛玉だらけの靴下を履いた足が踏みつける。

げえ、と男は呻《うめ》き、丸い目を飛び出しそうなほどに見開いた。マイナスドライバーを振り上げると、誠司のふくらはぎに突き立てようとしたが、力が入らないのか床に取り落とす。そのドライバーを蹴《け》って転がすと、誠司は激昂《げっこう》した様子で再び男の喉に踵《かかと》を打ち下ろした。めきっと何かが砕ける音がした。あえぐように大きく開いた口の端から、血の泡がこぼれる。

ふう、ふうと尖らせた口から息を吹き出しながら、誠司は体重をかけて何度も男の喉を踏みつけた。そのたびに男の頭が、壊れた人形のように跳ね回った。

やがて、誠司は疲れたように動作を止めると、握り締めていたテレビのリモコンを不思議そうに見つめた。部屋の中には嗅《か》ぎ慣れない生臭い匂いが漂っている。

部屋に入った者は殺す。そんな約束事があるとは、男には知る由《よし》もなかっただろう。耳が肩につきそうなほど深く首を折り曲げ、どろりと虚《うつ》ろな目をしたまま動かなくなった男を、誠司は肩で息をしながら見下ろしていた。

「——泥棒、だったのかな」

声が上擦り、上手《うま》く《みゆな》になり切れない。

「きっと、プロパンガスのボンベを踏み台にして登ってきたんだ。ちょうどこの窓の下が、庇《ひさし》になってるから。不用心だって、ずっと思ってたんだよ」

力が抜けたようにその場に座り込むと、誠司は天井を仰いで目を閉じた。

「まじかよ。どうする、これ」

「どっかに捨ててくるとか、無理だよね。誠司、外に出られないし」

「隠しといても、絶対匂いでばれるぞ。やばいって。クソジジイ、なんで入ってくんだよ！」

「落ち着こう、ねえ。何か方法はあるはずだから」

早口でそんな対話をしながら、誠司は《みゆな》の声を作ることも忘れているようだった。

「誠司、ネットで調べてみよう。どうにか気づかれないように、私たちで死体を処理するしかないよ。だって警察呼んだりしたら、この部屋に入れないわけにいかないんだよ。それはどうやったって、無理でしょ」

探偵の少年を手助けする役割のはずの《みゆな》が、死体の始末を指示する。悪い冗談のようなやり取りだった。

「《死体》、《処理》、《方法》で検索してみよう」

誠司はこたつの上のノートパソコンに触れ、スリープ状態を解除する。ファンの回る音がして、画面が明るくなる。おぼつかない手つきでキーボードを叩くと、エンターキーを押した。

「なんだ、これ。こんなに色々、やり方があんのかよ」

誠司は呆《あき》れた声でつぶやきながら、画面の上から下まで並ぶリンクの一つをクリックした。

検討した結果、誠司と《みゆな》が選んだ方法は、炭酸ナトリウムという薬品の溶液で死体を煮て、骨だけにするというものだった。

骨格標本を作る時などに用いられる方法で、炭酸ナトリウム自体は掃除用の洗剤として普通に売られているものなので、即日配達でネット注文した。

誠司がゲームやフィギュアを通販で買うのはよくあることだが、電器店やホビーショップではなく薬局から荷物が届いたことに、母親は違和感を覚えたようだ。いつもなら、部屋の外に荷物を置いたらその旨《むね》を伝えてすぐにその場を離れるのに、その時は「ずいぶん重いけど、何か食べ物でも買ったの？」と中身を詮索《せんさく》してきた。誠司が無視していると諦《あきら》めて戻っていったが、そのあとに頼んだ防水シートやマスクとゴーグル、消臭芳香剤などはギフト配送のサービスを使い、送り主を誠司自身とすることで母親に不審がられないように配慮した。

代金は母親のクレジットカードから引き落とされるので、いずれ明細が届けばこれらの買い物の内容もばれてしまうが、とにかく今はこの状況を切り抜けることが重要だと判断したのだ。鉈《なた》と出刃包丁が届いた時は、何かを感じたのか、また母親が中身を気にして尋ねてきたが、ヒステリックに壁を蹴とばすと、逡巡《しゅんじゅん》しながらも荷物を置いて去っていった。

必要なものが揃《そろ》うと、誠司は手順をよく確認した上で作業に入った。処理はすべて、母親が仕事に出ている間に、この部屋の中だけで行わなければならない。

床に傷がつかないように古雑誌を並べた上に防水シートを敷き、まずは男の死体を部位ごとに分けて解体した。

腕は肘から先と肩、足は膝《ひざ》から下と腿《もも》と、大体のサイズを決める。最初に肘に鉈を振り下ろす時にはしばらくためらったが、始めてしまえば、手足を切り離すのは、それほど時間がかからなかった。関節を狙《ねら》って何度か鉈を叩きつけ、足で踏んで押さえながらねじ切るように回せば、骨が外れてぶらぶらになることを理解した。あとは出刃包丁で皮膚と筋肉と腱《けん》を切ればいい。道具が届くまで丸二日かかったおかげか、もうあまり血は流れなかった。

手間がかかったのは腰と胴体だった。誠司が腹に包丁を入れると、酷《ひど》い匂いのする腸があふれ出し、シートからはみ出すほどに広がった。適当な長さに腸を切り分けながら、ひとまず内臓だけを二重にしたごみ袋に詰める。それから今度は胴体を、鍋に入る大きさに切り分けていく。

背骨を一箇所切り離したところで鉈の刃が欠けたので、また即日配達でもう二本の鉈と、それから廃棄物の切断用として売られていた細い鋸《のこぎり》を注文した。木材やプラスチックだけでなく金属まで切ることができる替え刃付きの鋸で、これは何本もある肋《ろっ》骨《こつ》を切るのに役立った。半分ほど切れ目を入れれば、あとは踏みつけるだけで内側に折ることができる。男の胴体の厚さでは鍋には入らないので、魚をおろすように腹側と背中側とをそれぞれ左右に切り離さなければならなかった。

もちろん誠司も、これらのおぞましい作業を平気でできたわけではないだろう。しかしどの段階かは分からないが、ある程度のところで男は人間ではなくなり、心理的な抵抗は減っていったように感じた。ただ頭部だけは、いつまでも人のような顔をしてそこにあり、誠司の目を背けさせた。

「苛性《かせい》ソーダがあったら、骨まで全部溶かせたんだけどな」

鍋の溶液の中で煮込まれている男の頭のことを考えたくないのか、生気の抜けた顔でテレビゲームの画面を見たまま、誠司は《みゆな》と話し続けた。

「パイプクリーナーの、業務用のやつね。でもあれ、一般人は買えないって書いてたじゃない。劇物扱いだから、受け取るための書類書いて身分証明書を出さなきゃいけないって」

「骨は、どうしようか。部屋に隠しとくとしても、ずっと置いてあるのは嫌だし」

「細かく砕けば、トイレに流せるんじゃないかな。これが終わったら、ハンマー買おうよ。とりあえず骨だけにしちゃえば、腐ったりすることはないんだから、そっちは急がなくていいよ」

「昔、キャンプで使ったでかい鍋、捨てられないで納戸にあって良かったよな。この先はもう、使うことないだろうな」

子供の頃のことでも思い出しているのか、言いながら誠司は目を細めた。

溶液を新しいものに変えながら半日かけて煮込んで、頭部はやっと骨だけの状態となった。鍋の中身はその都度、何回かに分けてトイレに流しに行った。男の頭蓋骨《ずがいこつ》を毛布にくるんでクローゼットに放り込み、最後に残った肉の溶けたスープ状の液体を捨てる。台所で食器用洗剤を使って鍋を洗い終えたあと、張り詰めた糸が切れたように、誠司はこたつで眠り込んだ。連日の気の滅入《めい》る作業の疲れもあってか、眠りは深かった。

夕方、誠司が目を覚ましたのは、午後六時のことだった。

薄暗い部屋の中で体を起こし、はっとした顔で耳をすませる。ぴちゃ、ぴちゃと断続的な、水滴が落ちるような音がしていた。そして壁か床に何かが当たっているような音と振動と、かすかな息づかいの気配。誠司は慌てて立ち上がり、蛍光灯の紐《ひも》を引いた。

誠司がまず目を向けたのは、窓の方だった。しかし空にした鍋が乾かしてあるだけで、特に異変はない。クローゼットの扉もぴったりと閉じられていて、先ほどと変わりはなかった。

肉に埋もれた喉仏が上下した。何かが起きているのは、ドアの方だ。

ゆっくりと頭を回す。誠司は信じられないものを見たように一瞬、呆けた顔をしたあと、言葉にならない喚《わめ》き声を上げ、ドアへと駆け寄る。

閉じられたドアに背を預けて床に座りこみ、首筋に開いた穴からまだ漏れ出している血でセーターの胸元を真っ赤に濡らした母親が、大げさなしゃっくりをしているみたいに上体を痙攣《けいれん》させていた。

三

「お母さん、お母さん、お母さん！」

誠司は母親に縋りつき、力なく腿の上に置かれていた小さな手を握り締めた。薄く開いた目はただ黒々としていて、もう何も見ていないようだった。

「しっかりして、お母さん、ねえ」

祈るように、母親の手を自身の胸に押しつける。腕を引かれ、ぐらりと傾いた細い体を空いた手で抱きとめた。母親の唇が、何か言いたげに動いた。だが声は発せられなかった。誠司はゆっくりと開いたり閉じたりする口の動きを、食い入るように見つめた。何度か同じ動作を繰り返したあと、笑ったような半開きの形のまま、停止した。

「――救急車」

しばし身動きもせず、母親の体を抱いていた誠司が、不意につぶやいた。自分に言い聞かせるような、妙にはっきりした言い方だった。

誠司は静かに母親をドアに持たせかけると、立ち上がって振り返り、白々と蛍光灯に照らされた部屋の、窓際のある一点をじっと見た。

染《し》みだらけのトレーナーの胸が、大きく上下している。目を真ん丸に開いて、口元を歪《ゆが》ませ、まるで今にも泣き出しそうな幼な子のような表情だ。

「駄目だ、駄目だ」

ごん、ごんと重い音を立て、誠司は拳を自身の側頭部に打ちつけた。苦痛に眉根を寄せ、額に青筋を浮かせて、強く、強く殴りつける。

「駄目だ、駄目だ、ああ」

意味のない言葉がやがて、嗚咽《おえつ》に変わる。大きく開いた口の中で唾液《だえき》が糸を引いた。黄ばんだ不揃いな歯が、ぬらぬらと光っている。その奥から低く長い、獣のような声が絞り出される。

ごとん、とドアの方で、固く重い物が床に落ちる音がした。

唸《うな》り声が止まる。誠司は振り向かなかった。すぐ目の前にぶら下がる蛍光灯の紐に、能面のようなのっぺりとした顔で指を伸ばす。カチ、カチという確かな響きとともに、部屋は再び薄闇《うすやみ》に包まれた。

誠司は力が抜けたようにその場に座り込んだ。口の中で「ごめんなさい、ごめんなさい」と小さくつぶやきながら、何かに耐えるように目を閉じる。やがて疲れ切った様子で肩を落とすと、もぞもぞとこたつに潜りこんだ。布団を頭まで被《かぶ》り、ドアの前に倒れている母親に背を向けたまま、静かに横たわっていた。

「——きっと、救急車を呼んでも間に合わなかったと思うよ」

小一時間が過ぎた頃、こたつの中で、くぐもった声がした。

「本当に、そうかな」

「自分を責めても、仕方ないじゃない。それよりどうするか、考えなきゃ」

ガタン、と大きな音を立てて、こたつがひっくり返った。天板の上にあったノートパソコンがテレビ台にぶつかり、口の開いたスナック菓子の袋の中身がばら撒《ま》かれる。

「どうするかって、またやれって言うのか？　母さんにあんなこと、できるはずないだろ！」

そう大声で喚くと、癇癪《かんしゃく》を起こしたように自分の腿を拳で何度も叩く。荒い息をしながら立ち上がった誠司は、乱暴な手つきでこたつ布団を引きずると、クローゼットの前へと運んだ。

積み上がった漫画雑誌の山を崩して平らにし、そこに布団を広げる。ドアの前に倒れている母親を抱き上げ、その上に横たえる。開いたままの目を閉じてやろうとするが、指で押さえてみても完全には塞がらず、上手くできなかった。しばらく無言で母親の顔を見つめていたが、やがてこらえきれなくなったように布団を被せた。小柄な体を足の方まで丁寧にこたつ布団で包み終えると、ぐったりと座椅子に腰を落とした。たるんだ頬に涙の筋が光っている。

「もう無理だ。母さんが死んだら、お終《しま》いだ」

座椅子をきしませて頭を反らすと、誠司は抜け殻のような表情でぽかんと口を開けた。その口から、長いため息が吐き出される。目じりから、新たな涙の粒があふれる。

黒い天井を見つめていた誠司が、不意にそこに何かを見つけたように、はっとした顔になった。唇を指先でなぞりながら、何か考え込むように、宙に視線をさまよわせる。やがて誠司は口を開くと、ゆっくりと言葉を切りながら言った。

「――ねえ。誰が、どうして、誠司のお母さんを、殺したの？」

当然の疑問が、今になってやっと湧《わ》いたらしい。

「あの男の、仲間がやったのかな。仕返しのために」

誠司は喉を絞り、《みゆな》の甲高い声で自問自答する。

「誠司があいつをやっつけた時、外で見張ってた仲間がいたのかもしれない。でも、どうして外にいる人間にそれが分かったんだろう。カーテンはずっと閉めてあったし
――第一、だったらなぜ、誠司は殺されなかったんだろう。復讐《ふくしゅう》されるなら、誠司の

方だよね」

学園ミステリーのヒロインらしく、ぺらぺらと自分の推理をしゃべり続ける。いつにもまして演技がかった話し方で、まるで誰かに聞かせようとしているようだった。

「じゃあ、誰が――」

《みゆな》になり切った誠司は言いかけて止《や》めると、せわしく爪《つめ》を噛《か》みながら、何もない暗がりを睨《にら》んだ。言葉にするのをためらうように、何度も口を開けては閉じ、ついに、ぽつりと。

「自殺、だったのかな」

作り声で言ったあと、誠司は一瞬、紙のような無表情になった。

「――ううん。お母さんは、そんなことする人じゃないと思う。自分を責めるようなタイプじゃないもの。それに、どうして今さら？　息子が部屋にこもってから十年も、波風立てないように目をつむって、全部やり過ごしてきたのに」

早口で言葉を継ぐ。あきらかにいつもと様子が違った。先ほどから、一度も《誠司》が話していない。誠司は手の甲でごしごしと目を擦《こす》る。

「たとえ誠司が人を殺したことに気づいたとしても、何もしないでしょう、あの人は。今までだって、ずっとそうだったじゃない！」

ヒステリックに吐き捨てると、両手で顔を覆ってうつむく。自分の言葉に感極まったように、誠司は肩を震わせながら鼻をすすった。やがて顔を上げると、スウェットの腰の辺りで手のひらを拭う。

「やっぱり、自殺なんかじゃない」

声は落ち着きを取り戻していた。誠司は、このおかしな推理劇を、どうしても続けるつもりのようだ。

「だってお母さん、手に何も持ってなかったじゃない。ナイフとか、そういうの――そうだ。もしかして、座ってたところに落としたのかな」

誠司はドアの近くまで這《は》っていくと、血に濡《ぬ》れた床に顔をつけるようにして、母親の命を奪った凶器を探した。だが、それらしいものは見つからなかったようだ。立ち上がると、大げさなため息をついて、目にかかった長い前髪を掻《か》き上げた。

「じゃあ、考えられる可能性は、一つだよね」

振り向いた誠司の唇が、不自然に吊《つ》り上がっていた。

「お母さんは部屋の外で刺されて、この部屋に逃げ込んだのよ。犯人はやっぱり、あの男の仲間だったんだ。家の中は見えなくても、ここに空き巣に入って出てこないなら、何かあったって思うもの。お母さんを捕まえて聞き出そうとして、それで――」

さっき自分で否定した推論だった。いったい、何がしたいのか。破たんした推理を、無理矢理に接《つ》ぎ合わせようとしている。それを披露している途中で、誠司の動きが止まった。

視線は一点に注がれている。

しっかりとかかったままの、ドアの二つの南京錠。

「この部屋は――」

誠司が大きく目を剝《む》いて、窓の方を見る。ごみを蹴散らして駆け寄ると、カーテンをめくった。

「ちゃんと閉まってる」

サッシ窓の鍵は下りたままで、割られた窓ガラスの穴はきちんと内側から塞がれている。

「この部屋に入れた人間は、いないんだ」

ようやく《みゆな》でなく、誠司の声が言った。

発した言葉の意味を考えるように、窓に映った自身の顔をじっと見つめる。きらきらと目を輝かせ、どこか得意げな表情を浮かべて。

誠司は、これがやりたかったのだ。

不敵に唇を歪め、布団の上に腰を下ろすと、正面にあるドアを睨む。

「さっきの、母さんの口の動き、見てたか」

答える者はない。

「《みゆな》って、母さんは言ったんだ、何度も。昔、俺が教えた、お前の名前を」

やはり答える者はない。

「俺は《みゆな》と会話する。でも、俺は二重人格じゃない。《みゆな》は俺なんだ。俺が寝ているうちに《みゆな》の人格が俺の体を操って、母さんを殺すなんて、あり得ないんだよ」

誠司は振り返り、低い声で告げた。

「だから、母さんを殺したのは、お前だ」

名探偵よろしくこちらを指差そうとした誠司のこめかみに、私はマイナスドライバーを思い切り突き立てた。

四

誠司が下校途中の私を拉致《らち》し、この部屋に押し込めたのは二年前。私が高校一年生の時のことだ。

ソフトテニス部に所属していた私はその日、秋の新人戦に向けての練習のため、普段より遅くに学校を出た。すでに夜の七時を過ぎて辺りは真っ暗で、近道をしようと、いつもは通らない細い路地に入った。

人通りのない道だった。切れかけた電柱の外灯の瞬《また》きの下に、太った男が立っていた。思いつめたような顔の男の前を通り過ぎようとした時、背中に強い痛みが走り、体が動かなくなった。男は体形に似合わない俊敏な動きで私を抱え上げ、すぐ角を曲がったところの小さな一軒家に駆け込んだ。それがこの誠司の家だった。

リビングには明かりがついていて、テレビの音が聞こえていた。声を上げようとすると、廊下の床に叩きつけられた。どうかしたの、という母親の問いかけに、「出てきたら殺す」と誠司は怒鳴った。そして目の前に顔を寄せると、「声を上げたら殺す」とささやいた。生臭い息が鼻にかかった。

誠司は私の両腕を摑んで、引きずり上げるように階段を昇った。頭や膝を階段の角にぶつけながら、悲鳴をこらえた。部屋に入り、ドアの鍵をかけると、誠司は私を敷きっぱなしの布団の上に放り出した。そして取り上げたスクールバッグの中のスマートフォンを窓の桟に何度も叩きつけて壊すと、血走った目で私を見下ろし、理解不能な命令をした。

「今日からお前は《みゆな》だ。俺の友達になるんだ」

クローゼットから分厚いノートを出してくると、誠司は《みゆな》が生まれた経緯について、説明を始めた。早口で滑舌が悪いので聞き取りにくかったが、誠司がノートに記した自伝めいた文章を読むことで、やっとこの男が何をしたいのかが分かってきた。

誠司は《みゆな》に実体を——声と体を持たせたいと考えていたのだ。

「文字だけのやり取りじゃなく、ちゃんと人と話したいんだ。母さんは俺の話を聞いてくれないし、俺の望む受け答えは絶対に返ってこない。母さんには俺の話すことが理解できないんだ。誰ともまともに話せないってことが、どんなにつらいか分かるか。俺はこのままだと死ぬしかない。何度も何度も死のうと思った」

袖をまくって見せつけたのは、手首から肘の内側にかけて走る、何本もの赤い線だった。どれもごく浅い、引っかき傷のようなかさぶたで、本気で死のうなどと思っていないことだけが分かった。

「お前に《みゆな》と同じ考え方ができるようになってほしいんだ。ノートはまだ何冊もある。全部読んで《みゆな》になってくれ」

一方的で理不尽な命令だった。とてもそんなことができるとは思えなかった。

ここに連れて来られて最初の一週間は、どうにか逃げ出そうと考えていた。

部屋に閉じ込められたその日から、《みゆな》になるための勉強が始まった。ノートを読みながら疲労のあまり眠りかけると、そのたびに誠司に頭を拳で殴られた。悲鳴を上げそうになると、すかさず腹を蹴られる。

「俺だって寝てないんだ。真剣にやれ!」

殴ったり蹴ったりだけでは効果がないと分かると、誠司は私の腕や太腿《ふともも》を至近距離からエアガンで撃った。跳ねた弾が当たらないように目を塞げと言われ、いつ、どこを撃たれるか分からない恐ろしさに身構えていると、次の瞬間、カチッという乾いた音とともに激痛が走る。それが幾度も繰り返された。恐怖と苦痛から逃れるためには、誠司の言いなりになるしかなかった。

丸三日寝ないで何冊ものノートをめくり続けた。内容はほとんど頭に残らなかった。記されていたのは、薄っぺらで身勝手きわまる自己憐憫《れんびん》と、こんな自分をそのまま誰かに受け入れてほしいという甘ったれた切望だけだった。

すべてのノートを読み終えると、誠司はやり遂げたご褒美《ほうび》だと、初めて食事を摂《と》らせてくれた。水だけは時々飲ませてもらえたが――トイレは母親が仕事に行っている間にドアを開けたままさせられた——空腹で倒れそうだった。

ようやく与えられたのは、偏食の誠司の食べ残しだった。

「ピーマンと玉ねぎと、ミニトマトは食べていい。あとみかんも、まあいいや。これ、あんま甘くないから」

誠司がひと房だけ食べて渡してきたみかんは、充分に甘く感じられた。肉野菜炒《いた》めに入っていたピーマンと玉ねぎは甘辛く味付けされていて、豚の脂の風味がして、涙が出るほど美味《おい》しかった。食べ終えると誠司は、私に布団の上に戻るように言った。

「俺の許可なくそこから動いたら、殺すから。今日はもう寝ていい」

ドアを開け、お盆に載った食器を廊下に出すと、誠司は鍵のかかったドアを塞ぐように座椅子を移動させて、そこで眠り始めた。私は誠司の寝息が深くなるのを待って、音を立てないようにノートのページを一枚破った。文面を選び、さらにそれを小さな断片に切り取った。

翌日からは、《みゆな》のように話す訓練が始まった。誠司が言ったことに、《みゆな》になり切って返す。なるべく当たり障《さわ》りなく、誠司が喜ぶような返事をしたつもりだったが、誠司は「なんか違うんだよな」と納得いかなそうに首をひねった。殴られないように神経を張りつめていたので、終わる頃にはとても疲れた。

この日も誠司は食べ残した野菜や果物を私に与えた。食べながら、誠司の目を盗んで皿の下に折り畳んだノートの切れ端を挟んだ。誠司が書いた《ここから出たい》という文字だけを、意図的に破り取ったものだ。誠司が私を家に連れ込んだ時の物音を聞いている母親には、これだけで状況は伝わると思った。

母親が警察に通報してくれる。すぐに助けがきてくれると信じていた。だが、半日が過ぎても何も起きなかった。翌日も皿の下に《誰かの助けが必要なんだ》と書き殴られたノートの断片を入れたが、母親は朝になると普通に出勤していった。

私はまだ諦めてはいなかった。誠司は母親のことを、察しの悪い人間のように言っていた。メモの意味が分からないだけかもしれない。とにかく気づいてもらえるまで続けよう。そう決めてその夜は《学校に行きたい》という言葉を選び、皿の下に置いた。

ようやく、何かが起きているということは伝わったのだろう。

翌朝、誠司の母親は、それまでと少し異なる対応をした。

食事を廊下に置いたあと、いつもならすぐにドアの前を離れるのに、ぐずぐずとそこに立っていた。誠司は母親がまだその場にいることに気づかず、鍵を外してドアを開けた。

母親は驚いた顔で、布団の上にうずくまる私を見た。確かに目が合った。誠司がすぐにドアを閉めてしまったので一瞬だったが、間違いなかった。誠司は狂ったようにドアを叩きながら、「てめえ、殺してやる!」と怒鳴った。階段を駆け下りていく足音を聞きながら、安堵《あんど》で涙が出た。

やっと家に帰れる。お父さんとお母さんに会える。友達にも会えるんだ。

だが、夕方まで待っても、誰も助けには来てくれなかった。六時になって、いつものように帰ってきた誠司の母親が「ただいま」と言う。そっと夕食のお盆を置いて、そそくさと階段を降りていく。

その日は誠司が、野菜だけじゃなく魚とご飯、そしてデザートを残した。

「魚は食わねえって言ってんのにな。飯もやたら大盛りだし」

誠司の母親は息子に逆らって私を助け出すのではなく、ただ飢えさせずにおくという、波風の立たない決断をしたようだった。それを悟り、絶望しかけたが、彼女がしたことはそれだけではなかった。

「俺、ゼリーは桃ゼリーしか食わないのに、間違えて出しやがった」

そう言って誠司が放り投げてきた半透明のカップ入りのグレープフルーツゼリーを食べ終わった時、空になったカップの底に、黒い汚れのようなものがついているのに気づいた。ひっくり返して見ると、そこにはサインペンの小さな丸文字で『必ず助かる！』と書かれていた。

母親からのメッセージだった。「助ける」ではなく「助かる」と書かれているのが気になったが、見捨てられたわけではないのだ。私はその希望にすがった。

ごみの中に無造作にまぎれていた何かの景品らしいペンを拾い上げると、早朝、誠司が寝ている隙に、母親のメッセージの横に自分の名前と自宅の電話番号、そして『両親に無事だと伝えてください』の一言を添えた。暗い中で急いで書いたので乱れた字になったが、充分に読めるだろう。朝になって廊下に出された食器を片づける時に、母親は必ずそれを目にするはずだ。すぐには警察を呼んでもらえないとしても、せめて両親を安心させたかった。

翌日も、翌々日も、デザートはゼリーではなく果物だった。数日が経ってようやくぶどうのゼリーが出された時は泣きそうになった。誠司からカップを受け取ると、すぐにその底を確認した。小さな丸文字で、前回よりも長い文章が書かれている。心が沸き立った。私の無事を知った両親はなんと言っていたのだろう。

『いい名前だね！　色々あって電話はできないけど、あなたの優しい気持ちはきっとご両親に伝わってるはずだよ！』

母親のメッセージは、ただ、それだけだった。

返事は書かなかった。それから私は、皿の下にメモを置くことはしなくなった。時折、デザートに出てくる桃以外のゼリーの底に『負けるな！』、『頑張ろう！』といったメッセージが書かれていることがあったが、その丸文字を見ただけで虫唾《むしず》が走るため、やがて一切読まなくなった。

一か月が過ぎて誠司は、うんざりした顔で、お前には無理みたいだ、と言った。

「お前、頭悪いだろ。考えが浅いし、話すことも薄っぺらだ。全然《みゆな》じゃない。もういいよ、別の方法を考えるから」

それから誠司は、自分で《みゆな》になり切って話すようになった。そもそも《みゆな》は誠司が作り出したキャラクターなのだから、それが一番的確な方法だろう。初めからそうすれば良かったのだ。

そして誠司は用のなくなった私を、どうすることもせず、ただそのまま布団の上に置き続けた。

元々あったドアの鍵の他に、南京錠を二つも取りつけた。私から目を離さないために風呂《ふろ》に入ることを止め、部屋に入ったら殺すと母親に宣言した。

誠司の食べ残したものを食べ、監視されて排泄しながら、私はこの部屋で二年近くを過ごした。月に一回だけ、母親がいない間に風呂に入ることを許されたので、その時に急いで下着を洗った。栄養不足のせいか、たまにしか生理が来なくなったのは幸いだった。服は攫《さら》われた時にバッグに入っていた部活用のジャージを着続けている。逃げたら殺される、という恐怖はもうあまり感じなかったが、逃げようという意志を折られていた。

ずっと寝ていたら歩けなくなるかもしれないということだけが心配で、誠司の目を盗んで布団の中で、静かに足を曲げ伸ばしした。起きている時間は部屋にある漫画雑誌を読んだり、誠司が見ているテレビ番組や、ゲームをする様を眺めていた。かたかたとこたつが振動する音と荒い息づかいが聞こえている間は、じっと布団を被って息を殺した。

久しぶりに皿の下に紙切れを入れたのは、誠司がこの部屋に侵入してきた男を殺した三日後だった。

喉を踏みつけられた男が取り落とし、誠司が蹴り飛ばしたマイナスドライバーが、私の方へ転がってきた。気づかれないように拾って、布団の中に隠し持っていた。そのあと、目の前で誠司が始めたおぞましい作業。ずっと麻痺《まひ》していた恐怖が、呼び覚まされていった。

《誠司さんが空き巣に入った男を殺しました。死体が部屋にあります》

あの母親にも伝わるように、はっきりとそう書きつけた。誠司が眠っている隙に、漫画雑誌の切れ端の余白に書いたメモだった。

だが、次の日になっても、母親は何も行動を起こさなかった。

猛烈に嫌気が差した。部屋から逃げ出すことを諦めてから、機能を失っていた感情が、激しく動いた。

誠司にも、誠司の母親にも、この家にも、もう耐えられそうになかった。

翌日の今日。朝食の皿の下に、再び母親への言伝《ことづ》てを隠した。

《夕方、誠司さんが眠っている間に鍵を開けておきます。中に入って確かめてください》

鍵の番号は誠司が開ける時に盗み見て覚えていた。誠司は寝息が深くなると、そのあとは多少の物音がしても起きない。私が逃げないと判断したのか今はドアを塞いで寝ることもなくなり、この二、三日は疲労のせいか、朝まで目を覚ますことはなかった。

仕事から帰って皿の下を見ただろう母親は、おそるおそるといった様子でドアを開けた。ドアのすぐ横で待ち構えていた私は、化粧臭い顔が差し入れられたところで、その首にマイナスドライバーを突き立てた。

たるんだ首の肉は、思った以上に固い手応えだった。骨に当たるほど深く押し込んだあと、力を込めてドライバーを抜くと、首に開いた穴から、びゅっと血が噴き出した。母親は驚いた表情で首の穴を手で押さえたが、指の間から見る見る血があふれた。

「えっ、あら」とかすれた声でつぶやきながら、母親は尻餅《しりもち》をついた。

それ以上、声を出す力がないのか、金魚のようにぱくぱくと口を動かしながら、母親は困ったような顔で私を見上げた。誠司の小さな目と低い鼻は母親譲りだったのだと思いながら、その顔が白くなっていく様をただ見下ろしていた。現実から逃げずにドアを開け、息子のしたことをその目で見ようとしたのは彼女の成長なのかもしれないが、それでも、私にしたことを許す気はなかった。最後に誠司に告げようとした言葉からすれば、あの時に必死で伝えた私の名前など、覚えてもいなかったのだろう。

手と顔についた血をジャージの裾で拭うと、元どおりドアを施錠し、ぐったりと座り込んだ母親をその場に置いたまま、誠司が目を覚ます前に布団の中に戻った。そしてじっと動かずに、その後の事態を見守った。

わざわざ南京錠をかけておいたのは、誠司が推理したように《みゆな》の人格が母親を殺したと錯覚させ、誠司にただ殺す以上の苦痛を与えたかったからだが、それだけは失敗に終わった。男を殺したことで理性を失い錯乱しているように見えたが、思ったより冷静にものを考えていたようだ。

誠司はマイナスドライバーが刺さったこめかみの方にぐるんと黒目が寄った奇妙な顔つきで、左足の爪先《つまさき》だけを痙攣させて、布団のそばに仰向けになっている。めくれたトレーナーから覗く白い腹が膨らんだり凹《へこ》んだりしているところを見るとまだ生きているようだが、動くことはできなそうだ。

慎重に布団から立ち上がると、間抜けに突き出したままの誠司の人差し指になんだか苛立《いらだ》って、力を込めて踵を打ち下ろした。小枝を踏み折ったような感触が小気味良かった。

少しふらつくものの、電話のところまでは歩いていけそうだ。

《みゆな》でなくなってから二年近く、誰とも話さなかったが、きちんと声は出せるだろうか。

百《も》舌鳥《ず》の家

一

トンネルを抜けた先の長い坂を越えると、運転席の大きな窓の向こうには、まっすぐに伸びるアスファルトの道を彩《いろど》る一面の緑の景色が広がっていた。

二車線しかない県道の左手は野球のグラウンドの何倍もありそうな見渡す限りのキャベツ畑で、反対側は休耕地らしく、シロツメクサやエノコログサなどの雑草の茂った空き地となっている。その道の途中にぽつんと、このコミュニティバスの停留所の目印なのか、木製の縁台のようなベンチが据えられていた。

バスが停まると、しゅう、とため息のような音を立てて乗降口のドアが開く。駅から乗った数人の乗客は手前の市街地でみんな降りてしまい、残っていたのは私だけだった。

足首丈のワンピースの裾《すそ》を擦らないように気をつけてステップを降りる。座面のささくれたベンチにボストンバッグと二つの紙袋を置くと、バスが走り出すのを待って、腰に両手を当てて上体を反らせた。朝九時に東京駅を出てから、北陸新幹線と在来線とバスとを乗り継いでの移動で、この長野の田舎町まで四時間近くも座りっぱなしだった。

降ってくる初夏の日差しのまぶしさに目をつむると、旅の疲れのせいか、軽く立ちくらみがした。草の匂《にお》いのする空気をゆっくりと吸い込み、落ち着くのを待つ。ここしばらくは在宅で仕事をしていてほとんど家の外に出なかったため、電車やバスに乗っただけでくたびれてしまった。

ベンチのそばに立ち、凝り固まった首筋をもみながら周囲を見渡す。抜けるような青い空の下、遠くに八ヶ岳の峰が連なる広い裾野のキャベツ畑の向こうに、緑濃く茂った杉林となだらかな山々が続いている。その林の手前にぽつぽつと建つ赤や青のトタン屋根の家の一つが、私の生まれ育った実家だった。

ボストンバッグの外ポケットからスマートフォンを取り出す。本当なら駅からそのまま病院に向かっても良かったのだが、二歳上の姉の和歌《わか》からは、いったん家に戻るようにと言われていた。

「私も午後から面会に行くつもりだから、沙也《さや》もうちで一休みしてから一緒に行けばいいでしょう。そうすれば荷物も置けるし、お母さんも、二人で行った方が喜ぶと思うから」

私が十年前に大学進学のために実家を出てから、姉とはたまにメールをするくらいでほとんど交流がなく、母はそのことを気にしていた。二人きりの姉妹なんだから、もっと仲良くしたらいいのに、などと何かにつけて連絡を取り合うように言われるのだが、なかなか母の希望には沿えないままだ。仲が悪いわけではないのだが、用がなければお互いに話すことはない。距離が離れてしまえば、血の繋《つな》がった家族ほど、そんな素っ気ない関係になるのではないだろうか。

姉からは、特にメールや着信はなかった。駅に着いた時に電話を入れたものの繋がらず、留守番電話にメッセージを残したのだが、気づいていないのだろうか。昼過ぎに着くとは伝えてあるので、わざわざもう一度連絡をする必要もないだろう。ベンチに置いた荷物を両手に持つと、キャベツ畑の真ん中を突っ切る舗装されていない農道へ足を向けた。

前に帰省した時にこの道がぬかるんでいて苦労したので、今回はちゃんと厚底のスニーカーを履いてきた。トラクターのタイヤの跡が残るでこぼこした道を、轍《わだち》に沿って歩いていく。

杉林に囲まれた端がかすむほどに広いキャベツ畑には、ぎっしりと青々とした葉の塊が並び、その上をちらちらとモンシロチョウが飛び交っていた。一見、のどかな風景だが、幼虫のアオムシはキャベツの葉を食べる害虫なので、農家にとってははた迷惑な存在だ。子供の頃、家の畑のキャベツについたアオムシを捕まえては、よく父に褒められたのを思い出す。

母は農家の一人娘で、隣町の農家の三男である父を婿養子《むこようし》に迎える形で見合い結婚した。親から受け継いだ畑は二千平米ほどあり、夫婦二人でキャベツやレタスなどの高原野菜を生産していた。記憶にある限り、父は優しくて働き者で子煩悩《こぼんのう》な人だったが、二十年前、私が小学二年生の時に、山の事故で亡《な》くなった。

母の両親はすでに隠居しており、一人で畑を維持していくことは難しかった。そのため母は、父の死をきっかけに農地の大部分を手放した。家計は苦しくなったが、母は畑を売ったお金で市内にアパートを建て、その家賃収入と、弁当工場で働いて得た賃金で私と姉を育て上げた。私が実家を出て間もなく、祖父母が相次いで癌《がん》で亡くなり市内に所有していた土地などの遺産を相続してからは、いくらか生活に余裕ができて、たまに友達と旅行に行けるようにもなったようだ。

根っから畑仕事が好きなのだろう。母は今でも家の裏にある小さな畑で自分たちが食べる分だけの野菜を作っていて、時々、東京の私のマンションにも、新聞紙でくるまれたキャベツや白菜、野沢菜が送られてくる。こんなにもらっても一人では食べきれないと何度も言ったのだが、だったら食べてくれる人を見つけなさいと返されてからは、黙って受け取り、せっせと消費するようになった。ありがた迷惑気味ではあるが、離れて住んでいる娘への気づかいだと思えば嬉《うれ》しかったし、気丈で優しい母のことはずっと尊敬している。

畑の中ほどまで進んだところで、農道を右に折れる。そのまま数分歩くと、突き当たりの杉林に沿って続く舗装された道路に出た。車一台分の幅しかない緩い傾斜の坂道だが、木陰になっていてこれまでよりも歩きやすい。小学校から高校まで、通学のためにこの道を使っていたが、農作業の軽トラックが通るたび、道の端にどかなければいけなかった。自転車に乗ったまま車を避けようとした子が、たまに畑に落ちることもあった。

そんなふうに子供時代のことを思い出しながら昔と変わらない風景を眺めて歩いていると、朝にはまだ東京にいたのにと、不思議な気分になる。来ようと思えば半日程度の距離なのに、こうして実家に帰省するのは数年前、姉が体調を崩して仕事を辞めた時に、母に頼まれて様子を見にきて以来だった。

私が地元を離れることを決めたのは、希望の職業に就くためだった。

元々、読書や文章を書くことが好きで県の読書感想文コンクールで入賞したこともあった私は、将来は雑誌や書籍に関わる仕事がしたいと漠然と考えていた。高校二年生の時、進路について母と相談し、出版社の多くが東京にあることを理由に、アルバイトをして生活費の一部を賄《まかな》うことを条件として、東京の一応は有名私立と呼ばれる大学の文学部に進んだ。卒業後はWEB雑誌の制作会社で契約スタッフとして働き始めたが、次第にライターとしての仕事が増え、二十五歳でフリーランスになった。

最初のうちはグルメや映画、人気スポットの紹介など、注文されるままに記事を書いていたが、自分の強みを持とうと通信教育を受け、一年かけてファイナンシャルプランナー二級の資格を取った。今はWEBと紙媒体の両方で同年代の女性に向けての貯蓄や節約術についての連載を持ち、それなりに忙しく働いている。昨年、ようやく独身女性のための資産運用についてまとめた単著を出すことができたが、人気のイラストレーターと組ませてもらったおかげかそこそこの売れ行きで、現在は二冊目の企画を進めているところだ。

恋人はもう何年もいないが、気の合う友達はいるし、仕事も充実している。家にこもってパソコンに向かっている時間が長いので不摂生は心配だが、自分の好きなことをしてお金を稼ぎ、縛られる家族もいない気ままな生活は、恵まれた状況と言えるだろう。

だからこそ、生まれてから一度もあの家を出たことのない姉に対して、罪悪感と、ほんの少しだけ彼女を疎《うと》ましく感じるような、複雑な思いを抱いていた。

小柄な母に似たのだろう。姉は子供の頃から華奢《きゃしゃ》な体つきで、母方の祖父母からはよくお人形のようだと褒められ、可愛《かわい》がられていた。父方の遺伝だろうか、子供時代から体格の良かった私は、小学校の低学年で姉の身長を追い越してしまい、祖父母には女なのに不格好だと呆《あき》れられた。田舎の年寄り特有の感覚なのか、今思えば、母方の祖父母は一人娘によく似た長女である姉を、露骨にひいきしていたように思う。お菓子やおこづかいを姉にばかりあげるので、母が抗議したこともあった。

顔立ちも、姉は愛嬌《あいきょう》のある丸顔で私は面長と、あまりにも外見が違うので、父にはよく「沙也はキャベツ畑に捨てられていたのを俺が拾ってきたんだ」とからかわれた。姉はそんな父の冗談を真に受けて泣いてしまうような素直でおっとりした性格で、妹の私にいつも優しかった。祖父母がくれたお菓子やこづかいも、ちゃんとあとで分けてくれた。ただ、優しすぎて周囲から浮いてしまうところがあったようにも思う。

父が亡くなる少し前の夏休みのことだった。子供会の催しで、杉林の裏手の山に野鳥観察に出かけた。集落の子供たちが集まって、それぞれ双眼鏡を手に木々を見上げて野鳥の姿を探したり、鳴き声に耳をすませたりするという恒例行事だった。世話役のおじさんが百舌鳥《もず》の声を聞きつけ、カッコウの托卵《たくらん》の話を始めた。

「カッコウって鳥は、托卵といって、百舌鳥やホオジロの巣に卵を産むんだ。カッコウの雛《ひな》は他の卵より先に孵《かえ》ると、まだ目も開いていないのに自分の背中に他の卵を乗せて、巣から落として殺してしまうんだよ。そうして親鳥が運んでくる餌《えさ》を、独り占めするんだ」

おじさんが教えてくれたカッコウの残酷な生態に、私や他の子供たちは「何それ」「こわーい」と、まるで怪談を聞かされたみたいに大騒ぎした。

だが、姉の反応は違った。集団から離れて一人で双眼鏡を覗《のぞ》いていた姉に、私は今聞いたばかりのカッコウの托卵のことを教えに行ったのだ。

「カッコウって、そうやって他の鳥の巣に卵を産んで、自分の雛を育てさせるんだって。それでカッコウの雛は、百舌鳥の雛を殺しちゃうんだって」

興奮気味に話して聞かせると、姉は真っ青になり、睨《にら》むように私の顔を見つめた。

「酷《ひど》い。どうしてそんなことするの。百舌鳥が可哀想《かわいそう》じゃない」

姉は涙まで浮かべて怒りをあらわにした。あまりの剣幕に周りの子供たちはしんとしてしまい、おじさんが取りなさなければいけないほどだった。

そんなふうだったので、対人関係はあまり得意ではなかった。姉はクラスで孤立しがちで、中学生の時に半年、高校生の時には一年ほど、不登校となった時期があった。

高校を卒業後はトリマーになりたいと電車で専門学校に通い始めたが、学校の雰囲気が肌に合わなかったとかで、一年ほどで退学してしまった。それからコンビニや回転寿司《ずし》屋など、いくつかの店でアルバイトをしたが、いずれの職場も半年から一年程度で辞め、一番長く続いた運送会社の配送管理の仕事も数年前、腰痛《ようつう》を理由に辞めてしまった。

現在、姉はたまに倉庫での検品や工場のライン作業などの単発のアルバイトをしながら、弁当工場で働く母の収入に頼って暮らしている。運送会社を辞めた時、私と母と三人でこれからのことを相談した。地元の求人情報を調べ、私なりに姉に向いていそうな再就職先を提案してみたが、業種に興味が持てないとやんわり断られた。結局、母が元気で働けるうちは体に無理のない範囲で仕事をすればいいということになり、以来、少額だが私も生活費の足しにと、実家に毎月仕送りをするようにしている。

自分とは外見も性格も、そして生き方もまったく違う姉だが、それでも姉のことは好きだし、彼女なりにできることを頑張っているのだと認めている。実際、あまり外へ出て働かない分、食事の支度や洗濯、掃除などの家事はほとんど姉が担っているそうだ。

ただ、母は今年で五十六歳で、元々線の細い体つきの人ではあるので、今は元気でもいつどうなるか分からないという心配はしていた。そんな矢先に、姉から突然、母が入院すると連絡を受けたのだ。

「大腸にポリープができてるんだって。それで手術しなきゃいけないって言われて」

母の勤める弁当工場では衛生管理のため、従業員の定期的な健康診断の他に、月一回の採便による保菌検査を行っている。春の検査で母は潜血があるとのことで、内視鏡検査を受けることになった。そこでポリープが見つかったのだという。

「そんなに大きくはないんだけど、お医者さんが切らないと駄目だって言うから」

幸い、姉によれば腹腔鏡《ふくくうきょう》手術という体の負担の少ない手術で、一週間ほどで退院できるとのことだったが、全身麻酔になると聞き、手術日に合わせて帰省することを決めたのだった。仕事のスケジュールの調整がついてから、母に電話して、手術に付き添うと伝えた。

「和歌もいるし、あんたは遠いんだから、わざわざいいのに」

そう言いながらも、母の声はいつもより明るく、離れて暮らす娘の申し出を喜んでくれているらしかった。

道の先に見え隠れしていた家々が、だんだんと近づいてくる。昔から同じ、くすんだモルタルの壁にトタン屋根の家もあれば、リフォームしたと思《おぼ》しき真新しい外壁が光る家もあった。我が家は前者の方で、坂の半ばにある柿《かき》の木の向こうに、日に焼けた青のトタン屋根とクリーム色の壁の二階屋が覗いている。それは見慣れた景色のような気もするし、遠い記憶の中の景色のようにも感じられた。

敷地の手前のコンクリート製の側溝の蓋《ふた》は、もう何年も前から割れて端が欠けたままで、足を突っ込まないよう注意して踏み越えた。玄関までの数メートル四方の前庭には砂利が敷かれ、白っぽい踏み石が並んでいる。その庭の真ん中に、母と姉が共用している黒の軽自動車が停まっていた。庭の左手にあるシャッターを開けっぱなしの車庫の中にも、軽トラックが一台、どちらも十年近く買い替えずに乗られている。

玄関前に母が作った花壇には、オレンジと黄色のマリーゴールドと、その後ろに青い大きなアジサイが重たそうに首をもたげている。花壇のすぐ横の黒い鉢には、まだ生きていればメダカと金魚が仲良く泳いでいるはずだった。

ゆっくりと踏み石を辿《たど》って玄関へと進みながら、十八歳まで暮らしたこの家を改めて眺めた。モルタル塗りの壁は腰高の高さに赤茶色のタイルが貼《は》られ、いかにも昭和といった佇《たたず》まいだ。家の正面の左手に玄関の引き戸、右手には白いレースカーテンが引かれた窓があり、二階は玄関の下屋根《げやね》の上に小さな窓が一つ、その右手に大きな窓がある。その大きい方が昔、私が子供部屋として使っていた部屋の窓で、レースカーテンの向こうに懐《なつ》かしい黄色の花柄のカーテンが透けて見えた。

雪止め金具がついた青のトタン屋根は、私が中学生の頃に一度、錆《さび》が酷くなったので塗装し直しているのだが、その色も大分褪《さ》めてしまっている。せっかくだから、塗り替えるよりお洒落《しゃれ》な洋風瓦屋根《かわらやね》にリフォームすればいいのにと母に進言したが、雪国ではトタン葺《ぶ》きが一番と聞き入れてもらえなかった。

玄関の引き戸の右上には《葛城《かつらぎ》》と苗字《みょうじ》だけが彫られた古い木製の表札が掲げられている。寂れた風合いは昔から変わっていないが、表札の横の壁に入ったひび割れが、前より大きくなっている気がした。そのひび割れの真下に取り付けられた、それだけは真新しいカメラ付きのインターホンを押す。アルミの格子《こうし》の入ったガラス戸越しに間延びしたチャイムの音が聞こえたあと、奥から小走りに人の出てくる気配がした。

「お帰り。早かったね。疲れたでしょう」

がらりと戸が引き開けられ、姉の和歌がまぶしそうに目を細めて私を見上げる。肩につかない長さに切り揃《そろ》えたまっすぐな黒い髪がさらりと揺れた。ほとんど化粧をしていないせいか、もう三十代だというのに、どこか幼い印象を与える。一重瞼《ひとえまぶた》の目も、鼻も、全体的に小作りだが、そんな顔の造作の中で母に似た厚い、めくれたような形の唇が相変わらず目を引いた。

「ただいま。新幹線、やっぱり早いね。平日だから空《す》いてたし。これ、お姉ちゃんへのお土産ね。こっちは病院に持っていく分」

菓子折りの紙袋を手渡すと、姉は小さな両手で大事に抱えるように受け取った。

「このお菓子、前に帰ってきた時も、買ってきてくれたよね。美味《おい》しかったから、また食べたいって思ってたの」

紙袋をよく見もせずに、姉は礼の言葉を口にする。昨年、六本木にオープンしたばかりの洋菓子店のレーズンサンドで、これまで似たようなものを持ってきた記憶はない。私はあいまいに笑ってうなずいた。

姉は昔から自分の興味のないことについて、意識的にか無意識なのか、情報を遮断してしまうところがあった。それでいて相手へのお愛想で適当な受け答えをするので、あとになって話を聞いていないとか、発言が前後で矛盾するといったトラブルに発展する。彼女がよく人間関係で失敗するのは、おそらくその性質のせいだと思われた。姉に悪気はまったくなく、むしろ気をつかって話しているつもりなのが、裏目に出てしまうのだろう。

そんな姉に対して腹を立てたこともあったが、今はただ、仕方ないと思っている。けれど時折寂しく感じるのも事実だ。

「沙也は昔から、作文が上手だったものね。私は本なんかあまり読まないから。ああ、字が細かくて、頭が痛くなっちゃう」

初めて自分の記事が掲載されたグルメサイトのページを見せた時、姉はそう言って私を褒めながらも、画面をちらりと見ただけでスマートフォンを置いた。麻布十番のフレンチレストランの紹介記事など関心がなかったのだろうが、読んでもくれなかったことが悲しかった。

「駅から電話したんだけど、留守電になってたんだ。気づかなかった？」

脱いだスニーカーを揃えながら、背後の姉に尋ねる。

「最近、変な電話が多いから、あまり出ないようにしてるの。今日は沙也が来るから、朝から片づけしたり掃除をしたりで忙しかったしね」

近頃は田舎に暮らす人を狙《ねら》った特殊詐欺《さぎ》も増えていると聞く。姉も用心しているのだろう。

「じゃあ、いただいたお菓子はお仏壇に上げておくね。沙也の部屋にお布団《ふとん》出しておいたから、先に荷物置いてきたらいいよ」

居間の方へと向かいながら、姉が二階に上がる階段を指差した。一階に台所と十畳の居間と、その居間と襖《ふすま》で仕切られた八畳の仏間と六畳の客間。二階に八畳の和室と六畳の二部屋の洋間という間取りの祖父母の建てた一軒家は、築四十年にはなるだろう。造りは小さいが腕の良い大工に頼んで丈夫に建ててもらったそうで、九年前の大地震でも傾くことはなかった。

急な勾配《こうばい》の階段をボストンバッグを抱えて昇る。廊下の左手のドアは姉の部屋で、右手が私が使っていた子供部屋だった。ドアを開けると、日なたのような乾いた匂いがした。

学習机も本棚も、昔と同じ配置でそこにある。机の上には高校時代まで使った辞書が、本棚には子供の頃に読んだ少女漫画と小説の文庫本とが並んでいた。昔好きだったシリーズ物のミステリーやファンタジー小説だが、冊数が多いので上京の際に置いていったのだ。棚の一番下の段には学校の卒業アルバムと、子供の頃によく開いていた動物や植物、宇宙の図鑑が収められている。それらは保育園の頃、父が私に買い与えてくれたものだった。

本棚の向かいの押入れの前に母が通販で買ったエアロバイクが置かれているが、六畳間なので寝るスペースは充分にあった。きちんと畳まれた客用の布団が、ドアのすぐ横に積まれている。

布団の横に荷物を置いて階段を降りた。玄関から見て右手にある居間は、板の間の台所とガラス戸で仕切られているが、冬場でなければガラス戸はいつも開け放してあった。台所は四人掛けのダイニングテーブルと祖母の嫁入り道具だという立派な食器棚が場所を取っていて、六畳もあるのにずいぶん狭く感じる。

居間の中央には大きな座卓、縁側に面した障子の側に大型の液晶テレビと、ティーセットや旅行の記念に買ったこけしなどの並んだ古い戸棚が置かれている。テレビの向かいには、畳敷きの和室には少し不似合いな黄緑の布張りの一人掛けソファーがある。正座をすると膝《ひざ》が痛むという母のために、一昨年《おととし》の母の日に私が贈ったものだ。

トイレと浴室だけは八年前に祖父母の遺産を充《あ》ててリフォームしたが、他は私が住んでいた頃とほとんど変わっていない。時間が止まっているかのような光景に、懐かしさとともに、少しだけ、息苦しさを感じる。

「そのワンピース、素敵じゃない。どこの？」

隣の仏間で父と祖父母の遺影に手を合わせてから座卓に着くと、急須《きゅうす》にポットからお湯を注ぎながら姉が尋ねた。紺色の地にアンティークな白い花柄がプリントされた、この春に買ったばかりのお気に入りだ。

「横浜のショップで買ったの。イギリスのブランドだったと思うけど」

「ふうん。この辺じゃそんなの、売ってる店ないよ。やっぱり東京は違うね」

たった今、横浜と言ったのさえ聞いていないのだ。相変わらずの姉の言動に思わず笑ってしまいながら、お茶うけの野沢菜のタッパーを開ける。

「面会時間は何時までなの？　持っていくものとかあるなら手伝うよ」

そう尋ねると、姉は湯気の立つ茶碗《ちゃわん》をこちらに差し出しながら、仏間との境の欄間の下に昔から掛けられている、四角い木枠にはまった時計に目をやる。

「夕方の五時半までだから、ゆっくりでも大丈夫。今日は手術の前日で絶食だし、持って行くのは飲み物くらいかな」

「そっか。差し入れ、すぐには食べられないんだね」

病院に持って行こうと、母が好きだと言っていた浅草の芋きんつばを買ってきたのだが、もっと日持ちのするものを選べば良かったかと後悔する。

「手術の二日後から、柔らかいものなら食べられるって」

「じゃあ、大丈夫かな。賞味期限、二週間くらいはあったと思うから」

姉は茶碗に口をつけると、所在なくテーブルの上のリモコンに手を伸ばし、テレビの電源を入れた。ワイドショーにチャンネルを合わせると、無言で画面に目を向けている。

私も、特に話すことがないので姉に倣《なら》った。お互い、恋人もいなければ、大した趣味もない。親戚《しんせき》づきあいもないので、母のこと以外に共通の話題がないのだ。

「――沙也は、いつまでこっちにいられるの？」

ワイドショーのコメンテーターの女性弁護士が芸能人の不倫について話し始めた時、不意に姉がこちらに顔を向けた。

「退院までは無理だと思うけど、三、四日はいられるよ。何かやることある？」

どこか改まった調子で尋ねられ、入院のことで、手助けが必要なのかと思った。しかし、姉が語り始めたのは、意外なことだった。

「うん。ちょっと、こういう機会だから、今後の話とかしておこうと思って。お母さんに何かあった時、この家をどうするか」

思ってもみなかった成り行きに、どう答えていいか戸惑っていると、姉が再び口を開いた。

「今まで、あまりそういう話ってしてこなかったけど、お母さんが入院なんて初めてでしょう。今は私が一緒に住んでるけど、沙也がどういうつもりでいるか、聞いたことなかったから。お母さんが元気なうちに、ちゃんと二人で話して、決めることは決めといたほうがいいのかもって思って」

その言葉を聞いて、そういうことかと納得がいった。母の入院をきっかけに、私たち家族の将来について考え始めたのだろう。正直、少しおっとりしすぎではないかと姉のことを頼りなく感じていたが、めったに帰ってこない親不孝な私よりよっぽど、この家のことを考えてくれていたのだ。

「そうだね。確かに、これを機会に話し合っておく方がいいかもね」

こんな時だが、なんとなく喜ばしい気持ちでうなずくと、姉は探るような顔で首を傾《かし》げ、座卓の上で手を組んだ。

「じゃあ、先に私の希望を言うね。お母さんにもしものことがあった時は、沙也には相続を放棄してほしいの」

ぞくりと鳥肌が立った。姉が何を言っているのか、すぐには理解できなかった。

「待って。相続放棄って、つまりこの家も土地も全部、お姉ちゃんが相続するっていうこと？」

念のため、意図を確認したが、姉は真顔のまま、ゆっくりとうなずいた。

ファイナンシャルプランナーの通信教育では、相続や不動産についても勉強したが、自分の実家の価値を気にしたことはなかった。田舎の土地だし、築四十年なら建物の価値はないだろうから、金額は大したものではないだろう。しかしそれとは別に、父が亡くなった時に畑を売って建てたアパートと、母が祖父母から相続した土地などの遺産もあるはずだ。そちらを合わせれば、かなりの額になるのではないか。

母と一緒に住んでいる姉の相続の割合を高くすることに異存はないが、すべてが姉のものになるというのは、さすがに納得がいかなかった。

なぜ急に、そんなことを言い出したのだろう。どうして、とつぶやいたまま、言葉を継ぐことができず、呆然《ぼうぜん》と向かいに座る姉の顔を見つめた。

姉は憐《あわ》れむように眉《まゆ》を寄せて私を見返すと、二十年前のあの時から今まで、ずっと言わずにきたことを言った。

「だってうちがこうなったのは——お父さんが死んだのは、沙也のせいでしょう」

二

座卓の上に置かれた、姉の白い手を見つめる。短く切り揃えられた、小さな丸い爪《つめ》。母に似た形だ。私の長方形の爪は、父のそれに似ている。面長の四角い顔で、少し癖っ毛で、背が大きかったよく笑う父は、自分に似ている私を、とても可愛がってくれた。

だからあの日、迷子になった私を探して、日が暮れようとしているのに山に入った。父と母が農作業をしている間、姉と一緒にその近くで遊んでいたことはよくあった。ただ畑に隣接する杉林は、裏山へと続いていて危険なので、入ってはいけないと言われていた。当時、私は小学二年生になっていて、普段なら言いつけを破るようなことはなかった。

あの時は、姉と珍しくけんかになったのだ。原因がなんだったのか、よく覚えていない。姉の言葉に拗《す》ねた私は、その場を離れ、農道から林の方へとずんずん歩いていった。

整備された杉林は木と木の間隔が開いているので、林の中に入ってもしばらくは畑が見通せた。一メートルほどの幅の道の端にはところどころ、赤いペンキの塗られた杭《くい》が立っていて、それを目印にしていれば迷う心配はなさそうだった。

暑かった夏が終わって秋めいてきた頃で、林の中を時折、涼しい風が吹き抜けた。

その風に揺れる杉の木の根元に生えた大きなシダの葉や、腰ほどの高さしかないのに小さな手のひらのような葉をたくさん茂らせたモミジの若木を眺めながら、私は一人で林の中の道を登っていった。

いつの間にか、畑が見えなくなっていることに気づき、登ってきた道を戻り始めたのは三十分も歩いたあとだったろうか。すっかり慌《あわ》てていた私は目印の赤い杭を確認せず、道と勘違いした杉の木の隙間《すきま》を縫って傾斜を降りていった。いつまで歩いても畑は見えず、進む方向を間違えたと分かった。すぐに坂を登ったが、目を凝らして探しても、どこにも赤い杭は見つけられなかった。

傾斜を登ったり降りたりしながら、目印の杭を探した。息が切れて胸が痛くなり、足がもつれ、何度も転んだ。膝と手のひらは泥で汚れ、汗で背中に張りついたシャツが気持ち悪かった。

大声で助けを呼ぶことを、私はしなかった。林に入ってはいけないと、両親からきつく言いつけられていた。迷子になったとばれたら、どんなに怒られるだろう。父や母に気づかれる前に、早く帰らなければと、焦《あせ》りに駆られて山の中を歩き回った。そして日が翳《かげ》ってきた頃、ついに動けなくなった。

体力が尽きたというより、心が挫《くじ》けてしまったのだと思う。いくら頑張っても帰り道は見つからず、足の裏の皮が剝《む》けて痛かった。転んだ時に笹《ささ》で切った頰の傷も痛かった。もう無理だと、声を上げて泣き出した。父と母を呼びながら、杉の木の根元にうずくまって泣いた。

徐々に辺りは暗くなり、ねぐらに戻ってきたカラスの鳴き声に混じって、遠くに車のクラクションの音が、何度も尾を引いて鳴っていた。だが、音の方角は判然としなかった。日が落ちて、木々は真っ黒な影となっていた。広がる枝が大きな生き物の手のように見えて恐ろしかった。ざわざわと風が木の葉を鳴らすたびに、何かが近づいてきたのではないかと身を縮ませ、震えていた。

その日は風が強く、夜になって気温が下がり始めると、凍えるほどの寒さになった。だが幸いにも、そこまで体温を奪われないうちに、捜索に来た消防団員が私を見つけてくれた。その時には、もう辺りは完全に真っ暗になっていた。

木の枝を踏み折る音と、沙也ちゃーん、と私の名を呼ぶ声がして、助けてと叫んだ。闇《やみ》の中で、ライトの光がちらちら瞬《またた》きながら近づいてきて、やがて紺色のつなぎを着た、父と同年代の男の人が現れた。父よりも背が低いそのおじさんは私の前にしゃがむと、沙也ちゃんだね、と、くしゃっと笑って白い歯を見せた。

おじさんは私を負ぶって山を降りながら、よく頑張ったねと褒めてくれた。おじさんの背中は暖かく、ごわごわした制服からはうちとは違う洗剤と、たき火のような匂いがした。

林を出ると、畑からまっすぐに走ってきた母に、強く抱き締められた。沙也、良かったと何度もつぶやきながらしばらくそうしたあと、母は私をその場に降ろすと、怖い顔になって農道に停まっている軽トラックの方へ向かった。ライトがついたままのトラックの運転席の窓から腕を差し入れると、強く長く、クラクションを鳴らした。

林の中で、遠くに聞こえていた音は、母が鳴らしていた合図だったのだとその時知った。間近で聞くと、胸が苦しくなるような、張り詰めた音だった。

「お父さんが、まだ帰ってない。沙也を探しに行ったの」

トラックのそばに立っていた姉が、うつむいたまま、か細い声でささやいた。

「ごめんね、沙也。お願い。いじわる言ったこと、お母さんに言わないで」

言ったとたんに、姉の目から涙があふれた。二歳上の姉はその時、小学四年生だった。自分とのけんかがきっかけで、妹と父が行方不明になったと思えば、気が気ではなかったろう。姉の涙を見て、恐怖のあまり麻痺《まひ》していた感情が再び湧《わ》き上がった。

お父さん、お父さんと、姉と二人で声を上げて泣いた。

翌朝、冷たくなった父が見つかった時には、私はそれほど泣かなかった。

預けられていた父方の実家に知らせが来て、祖父のグレーのライトバンで病院に向かった。エレベーターで地下の霊安室に降りると、小さなベッドの上に、白い布をかけられた父が横たわっていた。いつもと同じ父の顔なのに、見たことのない青白い色をしていた。目を閉じた父は、何かを話し出しそうに唇を薄く開けていた。動かない父にすがって泣く母の姿が、触れた父の冷たい頬が硬かったことが、悲しいと感じるよりも、ただただ怖かった。

大変なことが起きてしまった。それだけは分かったが、すぐには受け止められなかった。母が涙を流すのを見たのは、その時が初めてだった。

父は私が林から裏山に入り込んだものと思い、杉林を中心に捜索していた人たちとは別行動を取ったらしい。子供の足ならそこまでは行けないだろうと周りは止めたそうだが、裏山には崖《がけ》になっている箇所や沢があり、万が一、山にいるなら早く助けなければ危ないと言い張ったのだそうだ。私を救い出そうと一晩中、山の中を探し回った父の死因は、疲労凍死だった。

私が言いつけを破って林に入らなければ、迷子にならなければ、家族の運命が変わることはなかった。父と母は、今も夫婦で仲良くキャベツ農家を続けていただろう。

母は、私に負い目を感じさせないためだろう。沙也のせいじゃない、と何度も言ってくれた。だが、私のせいなのは明らかだった。

思えば、私が実家を離れたのは、この過去のためだったのかもしれない。夢だった仕事に就きたいからなどではない。自身の愚かな行為で父を死なせた事実から、逃げたかったのだ。

「分かってるよ。私のせいだって」

無感情に姉の言葉を肯定する。姉の目に一瞬、喜びとも安堵《あんど》ともつかない仄暗《ほのぐら》い光がよぎったように思えた。網戸にした縁側のサッシ戸から生ぬるい風が吹き込み、鴨《かも》居《い》の釘《くぎ》に吊《つ》るされた風鈴が高い音を立てる。

「そろそろ行こうか。お母さんのところ」

姉は目を伏せると、座卓の上の飲みかけの茶碗を摑《つか》んだ。

「こんな時に言いたくなかったんだけど、次にいつ話せるか分からなかったから。お母さんと会う前に、私の気持ちを知っておいてほしかったの。帰るまで、ゆっくり考えておいて」

姉は硬い声でそう言って立ち上がると、台所に入っていった。

母の入院する病院は新幹線の停車駅近くの総合病院で、外科の病棟は四階にあった。

エレベーターを降りてすぐの受付で、姉が看護師に会釈《えしゃく》をする。すでに顔なじみとなっているのか、すぐに番号のついた面会者用のプラスチックのプレートを渡され、手指をアルコール消毒するように言われた。

姉のあとについて四人部屋の病室に入ると、他に面会客もいないようでしんとしている。プレートと同じ番号のドア側のベッドのカーテンをめくると、横になってイヤホンをつけてテレビを観《み》ていた母が顔を上げた。

「わざわざありがとうね、沙也。疲れたでしょう。ほら、座んなさいよ」

母はそう言って体を起こすと、枕元《まくらもと》に置かれた丸椅子《まるいす》をこちらに押しやった。元々は丸顔の母だが、以前より少し痩《や》せたように見えた。手術前で絶食しているとは聞いているが、後ろでまとめた長い髪はつやがなく、頬の血色が悪い。水色の病衣の袖《そで》から覗く腕も、畑仕事で鍛えられていたはずなのに、細く頼りなく感じる。

「今は体、つらくないの?」

椅子に腰を下ろし、母の方に顔を寄せて小声で尋ねる。

「うん。特に自覚症状もなくて、検査のおかげで分かったんだもの。でもやっぱり、ご飯が食べられないのは嫌だね。栄養は入れてもらってるんだけど」

母は苦笑しながらベッドの傍らの点滴を指差した。点滴のチューブの先は、母の手の甲にテープで留められていた。

「明日は私たち、何時までに来たらいい？」

痛々しくて見ていられず、すぐに顔を上げて尋ねた。

「手術がお昼からだから、十一時前には来てくれる？　麻酔をかけられる前に、あんたたちの顔を見ておかないとね。ああ、それと先生が、手術の前にもう一回家族と話したいって言ってるの。受付の看護師さんに言えば案内してくれるから、帰りにお願いね」

姉は飲み物を買ってくると病室を出ていったので、それから母としばらく、東京での暮らしのことや最近の仕事について話した。声は弱々しいが、相変わらず表情は明るく、久しぶりに母の顔を見て話せたことで、さきほどの姉とのやり取りのこともつかの間忘れられた。

姉から切り出された相続についての話は、手術が終わって落ち着いた頃に、母を交えて三人で話し合った方がいいだろう。

父のことを持ち出され、何も言えなかったが、姉の要求をそのまま受け入れるべきだとは思えなかった。それにやはり、母に内緒で決められることではない。

「じゃあ、明日また来るから。今日はゆっくり休んでね」

姉が戻ってきたのを潮に、横になったまま手を振る母にそう告げると、病室を出る。受付の看護師に医師の説明を聞くことになっていると話すと、すぐ下の階の面談室に向かうようにと言われた。

廊下の長椅子にかけ、姉と二人で待っていると、面談室のドアが開き、白髪交じりのふさふさした眉毛の下に縁の細い眼鏡をかけた、五十代と見える柔和な雰囲気の医者が顔を出した。髪の毛の方は染めているのか、黒々とした前髪をくっきり七三に分けている。

「葛城さんのご家族ですね。どうぞお入りください」

面談室の中央には白い長テーブルが据えられ、その上にノートパソコンが一台置かれている。先に席に着いた医師は、愛想よく向かいの椅子を勧めた。

「お姉さんには先日お伝えしましたが」

そう前置きをすると、医師は少しだけ表情を引き締める。

「ポリープを切除したあとは、病理検査を行なって、ポリープが癌化していないか調べることになります。もし大腸癌ということになれば、改めて治療を始めるようになりますのでご了承ください」

初めて聞かされる話に、思わず姉の顔を見た。隣に座る姉は私の視線など気にして

いないふうで、神妙な顔で医師の言葉にうなずいている。医師はノートパソコンの画面に目をやると、さらに説明を続けた

「検査してみて、もしも癌が進行していた場合は、腸管切除といった追加手術が必要になることもあります。その際、位置的にもしかするとストーマ——人工肛門《こうもん》を造設する可能性もなくはない。その場合の術後の生活についても、ご家族で考えておいていただいた方がいいかもしれませんね」

淡々と話す医師の口元を見つめたまま、私は混乱の中にいた。姉からは、ポリープができただけで、手術をすればすぐ治ると聞かされていた。癌の可能性があるとか、まして人工肛門になるリスクがあるなんて、思いもしなかった。

「すみません。私は今日こちらに着いたばかりで、まだ詳しい話を聞いていないんです。その、癌だった場合、術後の生活ってどう変わるんでしょう。特にストーマになった時のことを、教えていただきたいんですが」

姉が余計な口を出すなというようにこちらを睨んだが、無視してバッグから手帳とペンを取り出した。そうでしたか、と医師は意外そうに眉を上げると、今回の手術のリスクについて、改めて説明を始めた。

「もし切除したポリープが癌だったと分かった場合、それで癌が取り切れていれば終

わりですが、周囲に広がっていれば、リンパ節や腸管も切除することになります。今回はポリープのできた位置が直腸に近いので、ストーマが必要になる可能性もあるということです。伺ったところでは、葛城さんは現在、食品工場にお勤めなんですよね。ストーマは、もちろん衛生面では問題ないのですが、周囲の理解は必要と思いますので、お仕事を続けられるかどうかについては、職場の方と相談されるのがいいと思います。職場のトイレに設備がないと苦労されるでしょうしね。ご自宅のトイレも、リフォームの必要があるかもしれません」

メモを取りながら、今後のことについて考える。母が仕事を辞めなければいけないとしたら、年金をもらえるまでの十年近くは、貯蓄を切り崩して生活することになるだろう。それに癌の手術や治療にも費用がかかるはずだ。母はどんな保険に入っていただろう。これまで一度も、そういう話をしてこなかったことが悔やまれた。

「ただのポリープであれば術後はこれまでどおりの生活を送ることができますが、この大きさですと確率的に十パーセントくらいは、癌化の可能性があると思っておいてください。病理検査の結果は、手術から一週間後くらいにはお知らせできますので」

医師にそう告げられ、呆然としながらも、よろしくお願いしますと頭を下げる。姉は私の隣でずっとうつむいたまま、一言も発しなかった。

三

「ねえ、どうしてこんな大切なこと、教えてくれなかったの。聞いてたら、もっと長くこっちにいられるように、スケジュール調整してきたのに」

医師との面談を終えると、病院のエントランスを出たところで、静かにそう切り出した。本当なら、面談室を出てすぐにでも姉を問い詰めたかったが、病院内で大きな声を出すわけにもいかなかった。

「もしかして、相続のことを言い出したのって、このことがあったからなの？」

無言の姉と二人、病院の廊下を歩くうち、徐々に頭が冷えてきて、それに思い至った。駐車場の方へ向かおうとしていた姉が足を止め、こちらを振り返った。唇を結んだまま、挑むような眼差《まなざ》しで私を見ている。ここで衝突することにためらいつつも、やはり言っておかなくてはと心を決めた。

「確かに、お母さんがもし大腸癌《がん》でこの先の生活が大変になるなら、お金が必要だっていうのは分かるよ。でも、何も言ってくれなかったら、こっちだって助けようがないじゃない。大体、お金の問題だけじゃないんだから」

口元が、まるで笑ったかのように歪《ゆが》んだ。姉が何を考えているのか分からず、逡《しゅん》巡《じゅん》しながらも言葉を継ぐ。

「ちょっと慌ただしくなっちゃうけど、手術の翌日にいったん東京に戻ってから、また一週間後にこっちに来るから。その時に検査の結果、一緒に聞くよ。ポリープだったらそれでいいし、もしもってことになったら、相談しよう」

この帰省の前に納期を前倒しにして原稿を送ってあったので、とりあえず締切の近い仕事はなかったが、場合によっては長く実家にいることになるかもしれない。ならばこちらでも原稿を進められるように、準備してくるべきだろう。

「相談して、どうするの」

それまで黙っていた姉が、不意に口を開いた。

「もしお母さんが癌だったとしても、別に沙也には影響ないでしょう。東京に出てから、数えるほどしかこっちに戻ってこなかったじゃない。結局、私が全部やることになるんだよね。なのに、口だけは出そうっていうの」

冷ややかな目が、私を捉《とら》えていた。

「癌の可能性もあるって、言わなかったのは、沙也に言っても仕方ないからだよ。どうせそうやって騒ぐだけで、結局、何もしないで東京に戻るんでしょう」

容赦なく核心を突く言葉に、胸を抉《えぐ》られる思いがした。そんなことはない、と言い返したかったが、息が詰まり、声が出ない。思わず目を伏せる。頭の中で、ごうごうと黒い川が渦を巻いていた。

「お医者さんの説明、聞いたでしょう。今の時点で、癌の可能性は十パーセントだって。ストーマは癌が進行していてさらに大きく切除しなきゃいけない場合に、もしかしたらそうなるかもっていう話。直腸癌でなければ、ストーマになることはそうそうないよ。沙也に余計な心配させるのも面倒だから、黙ってただけ」

姉は言い切ると、帰るよ、と私に背を向け、歩き出した。

重い足取りで、離れていく姉の背中を追いながら、私はいったい、なんの権利があって姉を責めたのかと、目のふちが熱くなった。

私があの家を出てから、もう十年が経《た》っているのだ。その間、自分の好きなことをして生きてきて、たまに思いついて電話をしたり、仕送りをするだけで、何かをした気になっていた。母を支えながら地元にとどまっていた姉の心情など、一度も考えたことがなかった。

病院の駐車場の端に停められた黒の軽自動車の前で、姉はなぜかドアを開けずに、敷地を囲う植え込みの方へと顔を向けていた。近づいてきた足音に気づいたのか、こちらを振り返ると、無言で手招きをする。

そばへ寄ると、甘く華やかな匂いがふわりと香った。厚みのあるつややかな緑の葉が茂る植え込みには、白いクチナシの花がいくつも咲いていた。姉がその白い花の一つを指差した。

「ねえ沙也、見て。羽化したばかりみたいだよ」

よく目を凝らすと、クチナシの花と見えたのは、枝にぶらさがるように掴まっているモンシロチョウだった。蝶《ちょう》のすぐ下には、その体を仕舞い込んでいたとは思えないほど小さな蛹《さなぎ》が、透明な糸で括《くく》りつけられている。

「普通は朝に羽化するものだよね。夏休みに観察しようとしたけど、起きたらもう虫かごの中で飛び回ってて」

ぽつりとそう言うと、姉は懐かしそうな目を、綿のような雲が浮かぶ空へと向けた。

「お父さんのこと、本当は一生、言わないつもりだった」

青く輝く空を見上げたまま、声が少し震えていた。

「でも、お母さんの病気のことで、色々考えているうちに、どうしてこうなったんだろうって思っちゃって。沙也は好きなことがあって、それを仕事にして頑張れてるけど、私には、何もないんだもの」

言葉に詰まり、私は姉の白い横顔を見つめた。泣き虫だった子供の頃の面影が残る優しい眼差しが、ふっとこちらを向いた。

「ごめんね、沙也。こんなお姉ちゃんで」

姉はそう言うと、口元にかすかな笑みを浮かべた。その横を涙の筋が流れる。

「——帰ろう、お姉ちゃん」

姉の顔を見ないように、私も空へと視線を向ける。眩《まぶ》しい青さが目に沁《し》みて、胸が苦しくなった。

「晩ご飯、なんか美味しいもの食べない？　絶食中のお母さんには悪いけど」

明るい口調で提案してみた。いいねえ、と笑いを含んだ声で応じた姉が、バッグからキーを出すと、ドアのロックを外した。

「焼肉とかどう？　一人暮らしだと、あまり行かないんだよね」

助手席に乗り込んでシートベルトを締めると、姉がエンジンをかける。

「私も、お母さんが脂《あぶら》っこいもの嫌がるから、全然行ってないなあ。県道沿いに新しくできた焼肉屋さん、七輪で焼くスタイルで味も評判らしいよ」

そこにしよう、と即座に決め、姉から聞いた店名をカーナビに入れる。三十分ほどドライブして店に着いた時には、夕方近くでちょうど開店したところだった。筆文字で店名が書かれた大きな赤い看板の周りを縁取るように、黄色の電球がぴかぴか光っている。

すぐに席に案内され、渡されたメニューを広げる。店員にはファミリーセットがお得だと勧められたが、私も姉も、そんなには食べられないからと、ハラミや上ミノ、タンなど、食べたいものを一人前ずつ注文した。沙也は運転しないんだから飲めばいいのにと言われたが、姉に合わせてウーロン茶を頼んだ。なぜかビールのジョッキに注がれてきたウーロン茶で、なんとなく乾杯をする。

「沙也とご飯食べるの久しぶりなのに、全然そんな気がしないね」

「うん。なんか、これが日常って感じがしてくる。違和感がないっていうか」

家族だものね、と、しみじみした口調で姉が言ったのが、おかしくて、嬉《うれ》しかった。

テーブルに置かれた七輪には炭が真っ赤に燃えていて、体を離していないと汗をかいてしまいそうだった。肉が運ばれてくると、姉が二枚ずつ網に載せてくれた。

「ゆっくり食べないと、すぐにお腹《なか》いっぱいになっちゃうからね」

最初に焼けたカルビは脂が甘くて柔らかく、ハラミも旨味《うまみ》が強くて美味しかった。

メニューに挟まれた薄紙には癖のある手書きの文字で、仕入れにこだわって質の良い和牛の肉だけを出していると書かれていた。

二人で満腹になるまで食べたあと、デザートのかき氷が運ばれてきたところで、私は母の病気について知らされた時から、ずっと考えてきたことを姉に打ち明けた。

「お姉ちゃん、私、こっちで仕事しようかな」

幸い、私の仕事はパソコンとインターネット環境さえあれば、日本のどこにいてもできる業種だ。取材や対面での打ち合わせが必要な場合もあるので、東京と長野を行き来しながらにはなるだろうが、その点を視野に入れても、できないことはないと思い始めていた。

姉は突然の私の提案に驚いた様子で、スプーンを持つ手を止めたまま、すぐには返事をしなかった。やがて困ったような顔で息をつき、もっとよく考えなさいと諫《いさ》めた。しかし、それが本当に可能なのだと丁寧に説明すると、ようやくうなずいた。

「沙也が色々考えてくれてるのは分かったから。じゃあそのことは、お母さんの手術が終わって落ち着いたら、三人で話そうか」

会計は姉が、母から預かっていると言って払ってくれた。また三十分のドライブを経て自宅に戻ると、姉と順番に風呂《ふろ》を使い、明日に備えて早めに休んだ。懐かしい柔軟剤の匂いのする布団に包まれながら、これからのことや、母の手術のことをあれこれ考えて、なかなか寝つけなかった。

翌朝、トーストとコーヒーで簡単に朝食を済ませ、私は紺のチュニックと白のパンツ、姉は薄い水色のブラウスに黒のフレアスカートとそれぞれ身支度をすると、また姉の運転で病院へ向かった。

病室の母はすでにグリーンのガウンのような手術衣に着替え、手術室に向かうための移動用のベッドに寝かせられており、さすがに緊張している様子だった。

「お母さん、麻酔なんて歯医者くらいでしかしたことがないから。だんだん眠くなるって感じなのかね」

不安そうに眉を寄せ、暗い表情でうつむく。麻酔のことを口にしながらも、癌だった場合のことを心配しているのだろう。白いシーツの上で、点滴の管の留められた小さな手をぎゅっと握り締めている。

「なんか、聞いた話ではほとんど一瞬で寝ちゃうらしいよ。知り合いでヘルニアの手術した人、看護師さんに麻酔入りますって言われた直後から、記憶がないって言ってたもの」

明るい調子で、以前、取材に同行してくれたカメラマンから聞いた話をすると、それもなんだか怖いね、と母は苦笑いした。

病院に着いてから、姉は落ち着かない様子で、何度もスマートフォンを見たり、病室を出たり入ったりとうろうろしている。やはりこんなことは初めてで、平静ではいられないのだろう。やがて手術の時間が近づくと、迎えにきた看護師さんがベッドを押してくれて、専用のエレベーターで手術室へと向かった。

家族が付き添えるのは手術室の前までで、昨日、説明をしてくれた眼鏡の医師が濃いブルーの手術着で待っていた。七三分けの髪は、きっちりと手術用キャップに仕舞い込まれている。

「手術自体は、三時間程度になると思います。ただ、麻酔から醒《さ》めるのにもう少しかかるので、お母さんとお話しできるのは午後の四時くらいかな」

「分かりました。よろしくお願いします。じゃあ、お母さん、私たち終わるまで待ってるから、頑張ってね」

母のひんやりした手を姉と順番に握って、手術室へと送り出す。母は「行ってくるね」と私たちに向けて笑顔を作ると、看護師にベッドを押されながら手を振った。

ドラマなどでよく見る手術中のランプが点灯すると、姉が「あっちに待合室があるみたい」と廊下の奥を指差す。自動販売機とテーブルや椅子が置かれた学校の教室ほどの広さのスペースで、私たちの他に、小学生くらいの兄弟を連れた女性が奥のテーブルで缶コーヒーを飲んでいた。あの子たちの父親が手術を受けているのだろうか。

「沙也は今日は、ずっと病院で待ってる？」

待合室の入り口で、ためらうように立ち止まった姉が尋ねた。

「うん。もちろん、そのつもりだけど」

昨日、母と打ち合わせた時にも話したが、手術の付き添いなので、病院を離れるわけにはいかない。考えたくはないが、もしも何かあった時には、家族として意志を表明しなくてはならないのだ。

「お姉ちゃん、急なんだけどちょっと済ませたい用事があって、二時間くらい外に出てきても大丈夫かな」

姉はそう言うとまた、手の中のスマートフォンの画面に目をやった。先ほどからそわそわと様子がおかしかったのは、急用ができたせいだったようだ。

「別に構わないよ。私がいれば、問題ないでしょ。お昼は売店で買ってきて食べるつもりだから」

そう答えると、姉は途端にほっとした顔になり、スマートフォンを隠すようにショルダーバッグに仕舞った。

「ありがとう。沙也がいてくれて助かったよ。じゃあ、二時間で帰るから」

早口でそう告げると、スカートの裾《すそ》をひるがえしてエレベーターの方へ走っていってしまった。姉の態度に釈然としないものを感じながら、自動販売機でペットボトルのお茶を買い、窓際《まどぎわ》のテーブルに着く。「何かあれば連絡して」の一言がなかったのは、問題は起こらないと信じているからなのか。それとも、よほど慌てていたのだろうか。

もしかして、私に内緒にしていただけで、姉には付き合っている人がいるのだろうか。まるで恋人にどうしても会いたいと言われて、出かけていったような素振りだった。何年も恋人がいない私に遠慮して、理由をはっきり言えなかったのかもしれない。しばらく姉とそういう話はしていないが、働いていた頃には職場の男性に言い寄られたこともあったと聞いていた。年齢を考えたら、恋人がいてもまったく不思議ではない。

姉を支えてくれるような、しっかりした人だったら、などと考えて、まだそうと決まったわけではないのにと苦笑する。

その時はまさか、そのまま姉が帰ってこないなんて、思いもしなかった。

四

「――それで、摘出したポリープの病理検査の結果ですが、癌細胞は検出されませんでした。明日には退院できますよ」

きっと大丈夫と自分に言い聞かせていたが、手術の一週間後、母と二人で医師の報告を聞いた時には、全身の力が抜ける思いだった。

「今回の手術ですべてのポリープは取れているのですが、三年以内には、また内視鏡検査を受けるようにお願いします。それでしたら、癌であっても早期で治療が可能ですので」

続いてされた説明によれば、今回できたポリープは腫瘍性《しゅようせい》ポリープと呼ばれる、放置すれば癌になる可能性がある種類なのだという。今後も定期的に検査を受け、ポリープができていれば癌化しないうちに切除する必要があるのだそうだ。特に母の場合は両親がともに癌で亡《な》くなっており、遺伝的な面でもリスクが高いので注意してほしいとのことだった。

退院後の生活について注意を受けたあと、まだゆっくりとしか歩けない母を支えて病室に戻った。車椅子に乗るほどではないと母は言うが、壁の手すりに摑まらないと危なっかしいような足取りで、もう片方の腕を取って体を支えながら、こんなにも母は軽かったのかと切なくなった。

ようやく病室に戻ると、ベッドに母を腰かけさせ、明日の病院への支払いや退院の手続き、段取りについて話した。

「私の運転だとちょっと心配だから、家まではタクシーで帰ろうね。一週間はこっちにいられるから、まずはゆっくり体を休めて。ご飯の支度なんてしなくていいし、畑仕事とかも、指示してくれたら私がやるから」

「ごめんね。沙也にまで迷惑かけて」

申しわけなさそうに目を伏せる。お母さんが謝ることじゃないよ、と明るく言ってみたが、母は自分の膝に目を落としたまま、弱々しく首を振った。

「今回は、大丈夫だったけど、いずれは癌になるんだろうって覚悟はしてるの。うちは親戚もみんなそうだからね。でもこの先、何度も入院して手術したり、体が不自由になることを考えたら、長く苦しまずにいく方がいいのかなって思えてきたわ」

母の顔を見ることができず、ベッド脇《わき》の脱いだスリッパを揃《そろ》えてやりながら、そんな深刻に考えすぎちゃ駄目だよと空々しく笑った。病衣の裾から覗《のぞ》く母のふくらはぎは肉が落ち、張りのない皮膚は青白かった。

「じゃあ、明日は忙しくなるから、しっかり休んでね」

横になった母に布団《ふとん》をかけてやり、迎えにくる時間を決めると病室を出た。もう診療時間は過ぎていて、ロビーにいたのは私ともう一人、同じく面会に来たらしい中年男性だけだった。中央の自動ドアは閉まっていたので、その脇のガラス戸を押し開けて外に出る。昼間よりもいくらか涼しくなった風が頬をなでた。

バス停へ向かおうとエントランスの階段を降りると、玄関正面の歩道に寄せて、見覚えのある黒の軽自動車が停まっていた。見なかったふりもできず、そちらへ歩を進める。助手席側の窓をノックすると、ためらうような間のあと、ドアが開いた。

「――沙也、ごめんね。お母さん、どうだった？」

運転席からドアに手を伸ばした姉が、不安そうな顔でこちらを見上げていた。眠れていないのか、目は赤く充血し、顔色が悪かった。それでも、今日が検査の結果が出る日だということは覚えていたらしい。

「ただのポリープだったよ。癌じゃないって。一週間くらい自宅療養したら、仕事にも復帰できるみたい」

私の答えに、良かった、と姉は心から安堵した顔で息をついた。食事もとれていないのだろうか、少しやつれて見える。髪の毛はほつれ、着替えとして買ったらしい安っぽいシャツも汗じみていた。

「それで、車の中で話す？　こんな話、人に聞かれたくないでしょう」

あの手術の日以来、姉からはメールの返信が一度あったきりで、こちらから何度電話をしても出なかった。麻酔から醒めた母にすべてを聞いた時には、どうしてそんなことになったのかと、呆《あき》れるよりも悲しくなった。

私の言葉で、もう隠す意味はないと察したのだろう。姉はうなずくと、外していたシートベルトをつけた。助手席に乗り込み、姉の方を見ないまま、少し窓を開けた。これから話さなければいけないことを考えると、狭い車内が息苦しく感じられた。姉はエンジンをかけると、ウインカーを右に出し、車を発進させた。

「それで、全部でいくら借りてるの」

最初の信号で停まったところで、そう切り出した。

「三百万と、ちょっと」

すでに腹を決めていたのだろう。すんなりと姉は答えた。

姉が病院を出たまま戻らないと告げた時、母はすぐに借金のせいだと思い当たったようだ。以前にも返済の期日に間に合わず、三日間ほど家に帰らなかったことがあったらしい。その間、自宅には金融会社の社員を名乗る若い女から、横柄《おうへい》な口調の電話が何度となくかかってきたそうだ。

「あの日は、私が支払いの日を勘違いしてたみたいで、病院に着いた時、今すぐ振り込めって電話がかかってきたの。遅れるのが二回目だから、払わなきゃ家に行くって言われて。他のところで借りて返そうと思ったんだけど、カードが作れなくて、もう、どうしたらいいのか分からなくて」

それで今日まで、逃げ回っていたのだ。病院から帰ると、自宅の留守番電話には十数件も姉へのメッセージが残っていた。母によると姉は普段から、金融会社から連絡がくることを恐れて、電話には出ないようにしていたらしい。手術の前日、駅から自宅にかけても姉が出なかったのは、そのためだったのだ。

「でも、もう大丈夫だから。市役所の法律相談に行って、金利を下げてもらえることになったの。これからは支払いに遅れないようにするし、お母さんにも沙也にも、迷惑をかけることはないから。ちゃんと家に帰って、アルバイトも始めるつもり」

まるで問題が解決したかのように、どこかすっきりした表情でいる姉に苛立《いらだ》ちを覚えた。

「どうして、相談してくれなかったの。大体、実家で暮らしてて、お母さんに食べさせてもらってて、どうしたらそんなことになるの」

堪らず尖《とが》った声が出た。それまで決まり悪そうに目を伏せていた姉が、険しい視線をこちらに向ける。信号が青になる。前の車に続いて発進させると、姉はこちらを見ないまま、これまでのことを話し始めた。

「私だって、色々考えてたんだよ。沙也みたいに、一人で家でできる仕事だったら、こんな田舎でもできると思って。そうしたら、在宅ワークを斡旋《あっせん》してくれるって会社があったから、講習を受けたの。教材費だってそんなに高くなかったし、必要なのはノートパソコン一台だけって言うから」

詳しく聞くと、姉が引っ掛かったのはよくある副業詐欺《さぎ》だった。仕事を斡旋する代わりに教材やノートパソコンを買うように言われ、送られてきた動画ファイルを眺めるだけの講習が終わると、すかさず登録料を取られたという。しかしここまでなら、百万円程度の被害で済んだはずだった。

「だけど思ったように仕事がこなくて、借りた分は返済しなきゃいけなかったから、なるべく稼げるアルバイトをしようと思って」

「ブログを書くだけでお金がもらえるアルバイトなんて、まともな仕事のはずないでしょう。なんでそんなのに騙《だま》されるのよ」

姉はさらに、商品のモニターになって宣伝をすれば報酬を支払うという、新たな副業詐欺にまで引っ掛かったのだ。これによって高額な健康食品を買わされ、借金は三倍以上にも膨らんだ。

「だって、沙也がやってるのって、そういう仕事でしょう」

ふてくされた顔で吐き出された言葉に、頭にかっと血が上った。

「一緒にしないでよ。お姉ちゃんみたいな本も読まない人が、文章書いてお金稼ぐなんて、少し考えれば無理だって分かるでしょう」

私の剣幕に面食らったのか、姉が息をのむ気配がした。また言いわけめいたことを聞かされるのかと身構えたが、姉は反論せず、無言のまま車を走らせ続ける。

「――大体お姉ちゃん、働いてないのに、どうしてそんなお金を借りられたの」

それも聞いておかなければいけないことだった。三百万円という金額を打ち明けられた時、なぜ無職の姉にそんな貸し付けがされたのかという点が、おかしいと感じた。まともに審査もしないような金融会社で借りたのかとも考えたが、法律相談に行って金利を下げてもらえたとなると、どうも違うようだ。

「お母さんから聞いたのかと思ってたけど――沙也、知らないんだね。この話、言わなきゃだめかな」

私の問いかけに、姉は困ったように眉《まゆ》を寄せた。これ以上、話せないようなことがあったのかと、胃が重くなる感覚がした。ちゃんと説明して、と、硬い声で促す。姉はしばらく逡巡したあと、ようやく決心がついた様子で、告白した。

「あのね、私、実は、沙也のお姉ちゃんじゃないの」

いたずらを打ち明けるような口調で、姉は言った。

その言葉だけが、頭の中を上滑りしていく。

沙也はキャベツ畑で拾ってきた子だと、笑っていた父。姉だけが母にそっくりで、私は輪郭も目も、唇も爪《つめ》の形も、何一つ母に似ていなくて。

父の冗談に笑って見せながら、私はそのことが、ずっと怖かった。姉のように、泣いてしまいたかった。

これから知らされようとしていることに、なんの覚悟もできず、膝《ひざ》の上で拳《こぶし》を握り締めたまま硬直していた。しかし、そうして身構えていた私に降ってきたのは、意外な言葉だった。

「私だけ、おじいちゃんとおばあちゃんの養子になったの。高校生の時に」

目をしばたかせて、言われたことを反芻《はんすう》した。運転席に顔を向けると、姉は小さく息を吐いて、頬にかかる髪をふわりと払った。

「私、あの頃、学校に行けてなかったでしょう。それでおじいちゃんとおばあちゃん、私の将来をとても心配したみたい。昔の人だから、もう働きに出られないだろうし、お嫁にも行けないかもって、大ごとに考えちゃったのね。だからせめて、お金のことで困らないように、自分たちの養子にしてやりたいって言ってきたの。その方が相続の時に、多く残してあげられるからって。お母さんはどうして姉妹の片方だけって反対したんだけど、押し切られちゃって」

姉は前を見たまま、口元に奇妙な笑みを浮かべる。

「だから私は、戸籍上は、沙也の叔母さんになるんだよね」

突然、お姉ちゃんじゃない、と告げられて、自分は姉と血が繋がっていなかったのかと慄いたが、そうではなかった。安堵とともに、そういうことか、と頭の中で、先ほどの疑問と姉の言葉が繋がっていった。ならば、金融会社が三百万円もの金を貸し付けたのも、納得がいく。

「八年前、おじいちゃんたちが亡くなった時に、お姉ちゃんも遺産を相続したってことだよね。それでもらった土地を担保にして、お金を借りたんだ」

私が実家を出て間もなく、祖父母が相次いで亡くなった時に、祖父母の養子となっていた姉と、実子の母とで遺産を分けたのだ。実際にはどうしたか分からないが、法律の上では、母と姉妹となっている姉は、二分の一は相続できる権利があったはずだ。母もそのことは、私に言えなかったのだろう。姉ばかりを可愛がり、妹の私と何かと差をつけようとする祖父母にいつも意見してくれた母だが、相続に関することとなると、自分ももらう立場になる。それで、強くは言えなかったのかもしれない。姉はうなずくと、ずっと言い出せなくて、ごめんね、と小さな声で詫《わ》びた。

市街地を抜けると、ところどころにガソリンスタンドやラーメン屋などの店舗があるだけで、建物の数が極端に少なくなった。どこまでも続いていそうな畑の中に小さな家々が点在する、幼い頃から見慣れた眺めが続く。しばらく道なりに国道を走ると、右折して県道に入った。道の両側に山が迫り、車の数がまばらになる。いくつかのトンネルを抜け、また景色が開けた。ほどなく見えてきた夕暮れに染まるキャベツ畑の中を、車はまっすぐに進んでいく。

私は口をつぐんだまま、窓の外に流れていく暗いオレンジ色の情景を眺めていた。もう一つだけ、分からないことがあった。けれどそれを口にしていいものか、迷っていた。

停留所代わりのベンチが見えてくる。車はスピードを徐々に落とすと、農道へと入っていく。開いた窓から、湿った夏草と土の匂《にお》いが漂ってきた。

「お姉ちゃん、どうして、あんなこと言ったの」

やはり、これを聞かないまま、終わりにすることはできなかった。

「おじいちゃんとおばあちゃんから、遺産を相続していたんでしょう。今、借金で困っていたとしても、私に相続を放棄しろっていうのは、おかしいよ。どうしてそんなこと」

分かってるでしょう、と、姉が私の言葉を遮った。

「私たちがこうなったのは、沙也のせいだからだよ」

車ががたんと揺れ、杉林沿いの舗装路に出た。姉は左右を確認すると、アクセルを踏み込む。

ここでまた、父の死を持ち出すつもりなのか。けれど今はもう、その非難を大人しく受け入れるつもりはなかった。母だって、父のことは、私のせいではないと言ってくれた。

しかし、それに続いた言葉は、不可解なものだった。

「沙也が、あんな話をしたから」

姉がなんのことを言っているのか、見当もつかず、首をかしげる。

「あんな話って」

私の問いに、姉は前を向いたまま答えた。黒い目がぬるりと光を帯びて、遠くの何かを見つめていた。

「子供の頃、カッコウと百舌鳥《もず》の話をしたでしょう」

父が亡くなった年の、夏休みの野鳥観察。私からあの話を聞かされた姉は、顔色を変えて、百舌鳥が可哀想《かわいそう》だと涙を浮かべた。

「沙也が、あんな話をするから、私、凄《すご》く怖かった。いつか百舌鳥の雛《ひな》みたいに、よそから来た沙也に、殺されるんじゃないかって思ったの」

素直な姉は、父の冗談を真に受けていた。母にも姉にも似ていない私が、実の子供ではなく、拾われた子だという冗談を。

「だから、沙也が死んじゃえばいいと思って、あの畑のそばで遊んでいた時」

いつも優しかった姉が、珍しく言ったいじわる。

《沙也は弱虫だから、林になんて入れないでしょう》

本当に、全部、私のせいだった。

言うべきことを言い終えて、姉はどこか拗《す》ねたような顔で息を吐くと、ふいにこちらへ白い腕を伸ばした。丸い爪の光る指がダッシュボードの下の小物入れをまさぐり、ミントタブレットのケースを摘《つま》み出す。ほどなく、しんとした車内にタブレットを嚙《か》み砕く音と、ミントと桃が混ざったような甘ったるい匂いが漂い始める。

今まで姉だと信じていた人が、得体の知れない生き物のように思えて、足元の感覚があやふやになる。もうそちらを見ることはできなかった。隣に彼女の気配を感じながら、私はまっすぐに前だけを見た。

車は揺れながら、暗いキャベツ畑の中を進んでいく。遠い薄闇《うすやみ》の中に、明かりの灯《とも》った家々が浮かんでいた。

だけどいくら目を凝らしても、私の帰るべき家はもう、黒々とした陰影に溶けて見えなかった。

戻り梅雨

一

リビングのカーテンを開けると、濃い灰色の空とビルの向こうに、橙色《だいだいいろ》の朝焼けの名残りが薄くたなびいていた。まだ降り出してはいないが、この重たげな雲の密度からすると、今日も雨模様の一日になりそうだ。

ベランダの掃き出し窓を網戸にして、外気を入れる。マンションの敷地内にある公園から、樹木や土の匂《にお》いとともに、まばらなセミの声が昇ってくる。子供たちが小学生の頃には、これくらいの時間には公園内の広場でラジオ体操が始まったものだが、ここ最近はそんな様子もない。十数年経《た》って、そんな地域の行事もなくなってしまったのだろうか。

湿り気を含んだ空気を吸い込みながら台所に立つ。シンクで手を洗い、冷蔵庫から卵を二つと、作り置きの鶏《とり》ハンバーグを詰めたタッパーを取り出した。卵を割ってほぐす間に、ハンバーグをタッパーごとレンジで温める。

もう何年も前から、お弁当のおかずは何種類か作り置きして、朝に詰めるだけにしている。調理の仕事をしていると、家庭で料理することが億劫《おっくう》に感じるものだ。私が働く保育園の給食室の同僚たちも、同じようなことを言っていた。それでも、子供たちにはなるべく手作りのものを食べさせるようにしてきたつもりだ。

卵焼き用の銅製フライパンに油を敷いて強火のコンロにかけると、卵液を流し入れて気泡を潰《つぶ》す。半熟になったら向こうの端から巻いていき、奥へずらしてまた卵液を注ぐ。二回繰り返して卵焼きが完成したところで、シリコンのカップを出してハンバーグを詰める。卵焼きを切るのは、少し冷ましてからだ。その間に、ほうれん草の胡《ご》麻《ま》和《あ》えやミニトマトなど、野菜のおかずを詰めておく。

蓋《ふた》をしたお弁当を包み終えてリビングのテレビをつけたところに、半袖《はんそで》Tシャツにスウェット姿の哲生《てつお》が寝ぐせのついた頭で起きてきた。

「おはよう。今日は一限目から?」

「うん、中国語《チャイ》」

息子が通う都内の大学は、川崎の自宅から電車と徒歩で四十分はかかる。私より早く家を出ることはないが、一限目がある時は七時前には起きなければならなかった。

昨晩遅くまで起きていたらしい哲生は、眼鏡の奥の眠そうな目をショボショボさせてテレビの方へ顔を向けている。一八〇センチ近い長身だが、猫背で細身な体つきのせいで、どうしても頼りなく見える。小学校時代にはスイミングスクールに通わせたり体操教室に参加させたりと運動をやらせてみたが、本人は嫌々だったらしい。中学では科学部に入り、高校では情報技術部と、スポーツには縁のない学生生活を送っていた。

私は本人が興味のあることを楽しめば良いと考えていたが、三歳上の姉の彩花《あやか》は、哲生を甘やかしすぎだとよく文句を言っていた。彩花は哲生とは対照的に小柄だが均整の取れた体つきで、中学から高校まで体操部に所属していた。都内の短大を卒業し、今は千葉県内のスポーツジムでインストラクターとして働きながら一人暮らしをしている。たまに帰ってきては「こっちにしかないショップだから」などと言って、やたらと服を買い込んでいった。

「天気予報、見といてね。何時から雨だって言ってる?」

ソファーに腰かけてスマートフォンをいじっている哲生に声をかけながら、コーヒーメーカーに豆を入れる。息子の返事はミルの音でよく聞こえなかったが、テレビ画面の左上には雲のマークと傘のマークが半々ずつ映っていた。七月の中旬にやっと梅雨が明けたのだが、今週に入ってからまた天気が崩れる日が続いている。

「トースト、一枚でいいのね?」

オーブントースターに食パンを並べながら尋ねる。

「うん」

顔は手元のスマートフォンを向いたままだが、きちんと返事をしてくれることがありがたかった。三か月前にあることが起きてから哲生は自室に引きこもるようになり、つい先月まで、私とも口をきこうとしなかったのだ。

幼い頃から大人しく素直な性格だった息子が、大学生になってそんな振る舞いを見せたことに戸惑い、もしかしたら幼児期から時折症状が出ていた緘黙《かんもく》症が再発したのではないかとまで思い悩んだ。不安が強くなると特定の場面や状況で言葉が出なくなるというもので、保育園の担任から指摘されて病院に連れて行ったことがあるのだが、今回は理由がはっきりしており、それとは違うようだった。

夫とは哲生が幼い頃に離婚して以来連絡を取っておらず、相談できる相手もいなかった。心配しながらも状況を見守ることしかできなかったが、時間とともに自分の中で折り合いがついたのだろう。少しずつ哲生の態度は和らいでいき、今では大分話ができるようになった。

コーヒーメーカーが保温になると同時にトースターが鳴った。昨日の夕飯の残りのハムサラダを食卓に出すと、哲生も立ち上がって二人分のマグカップを運んでくる。哲生がコーヒーを注ぎ終えたところで、焼けたトーストの皿をテーブルに置く。

四人掛けのテーブルに向かい合って座ると、哲生はいただきます、と小さく手を合わせる仕草をしてからトーストに齧《かじ》りついた。彩花は弟のそんなところが「イケてない」と顔をしかめていたものだが、私にしてみれば、子供の頃からの癖が抜けていない様子はただ微笑《ほほえ》ましかった。

朝の情報番組にチャンネルを合わせ、最近起きた事件のことや、芸能人のニュースについて話しながら朝食を口に運ぶ。哲生は自分から話す方ではないので、彩花が家を出てからは、私が一方的にしゃべっていることが多い。だが何気ないことでも、こうして食事をしながら会話をする時間は大切だ。

両親を早くに亡《な》くしたため、離婚後に実家を頼ることはできなかった。働きながら一人で子供を育ててきて、親子の関係を良好に保つには、そのための努力が必要なのだと知った。一緒に過ごす時間が少ない分、できるだけ子供の顔を見て、声を聞くように心がけてきた。

「今日はお母さん、六時には帰る予定だから。晩ご飯、食べたいものある？」

子供の頃から、毎日のように聞いていることだ。最近は夕飯の献立をリクエストされることは少ないが、それでも一応尋ねるようにしていた。哲生は考え込むように視線をさまよわせたあと、首を振った。

「夜は外で食べてくる。ちょっと約束があって」

「あ、そうなんだ。誰と？」

「——学科の、友達」

「バイトの友達じゃなくて？」

答えるまでの少しの間が、なんとなく気になった。それで余計な一言が口をついた。

哲生は返事をしないまま、固い表情で食べかけのトーストを皿に置いた。テレビの方へ顔を向けると、苛立《いらだ》たしげに小さく息を吐く。

彩花から、哲生に干渉しすぎだと注意を受けていたが、ふとした時に、どうしても不用意なことをしてしまう。最近は特に気をつけていたつもりなのだが、またやってしまった。

いたたまれない思いで空いた食器を片づけると、洗面所に向かう。歯を磨いて、手早く化粧をした。表情が暗いせいか、いつも以上に自分の顔が老《ふ》けて見える。情けない気分で口紅をひいた。

「じゃあ、お母さん出るから。傘、忘れないようにね」

玄関の傘立てにちゃんと哲生のビニール傘があることを確認し、リビングのドア越しに声をかける。しょっちゅう取り違えられては失《な》くしてしまうので、持ち手のところに目印に水色のテープを巻いてあげたのだ。

耳をすませたが哲生の返事はなく、観光スポットの取材をする女性リポーターのはしゃいだ嬌声《きょうせい》だけが聞こえていた。

「おはようございます。須崎《すざき》さん、今日はバスですか？」

給食室に入ると、先に出勤していた若い調理スタッフがエプロンを締めながら振り返った。バスが混んでいたため普段より少し遅れたが、八時の出勤時間には充分間に合った。

「午後には雨になるみたいだから、自転車は無理だと思って」

「私は親に車で送ってもらっちゃいました。朝のテレビで言ってたんですけど、梅雨明けのあとにこうやって天気がぐずつくこと、《戻り梅雨》って呼ぶらしいですね」

「多分、同じ番組観《み》てた。今年はただでさえ、梅雨明けが遅かったのにね」

った。天気の話をしながら身支度を済ませると、昨日の延長保育で使った食器を二人で洗ったり、そのうちに残りのスタッフも出勤してきて、手分けして園児用の麦茶を煮出したり、調理台の掃除をしたりといった作業に入る。

〇歳児から五歳児までの児童数百五十人規模の保育園の給食室を、管理栄養士の私と調理スタッフ三人の計四人で回している。保育室より少し広いくらいのスペースで、入り口側の壁に沿って大きな配膳台《はいぜんだい》が置かれ、窓側の一番奥にはどちらも業務用の炊飯器とコンロが二口《ふたくち》据えられている。その左手に離乳食専用の調理スペース、そして中央に小さなコンロが二口とシンクがついた調理台があり、左右の壁際《かべぎわ》に冷蔵庫と洗い場という動きやすいコンパクトなレイアウトになっていた。

調理スタッフは二十代の独身女性が二人と、私と同じ四十代後半の女性が一人。月齢に合わせて通常の献立だけでなくミルクや離乳食を作るなどやることが多いわりに職員数が少ないが、これでも市の基準は満たしているのだそうだ。

一番の大仕事はやはり昼の給食を作る作業で、野菜を洗ったり切ったりといった下ごしらえを四人全員で行う。管理栄養士というと献立を作るのが仕事のように思われているが、実際にはこんなふうに調理をしている時間の方がずっと長い。

「須崎さん、私、手が空いたから離乳食やるね」

早々とサラダ用の野菜を切り終えた河合《かわい》幸恵《さちえ》が、おかゆの準備に取りかかる。私より二歳年上の幸恵は以前はパートタイムで働いていたが、一人息子が独立した昨年から、フルタイム勤務に切り替えた。この保育園で、もう四年も一緒に仕事をしている仲だった。かなりふくよかな体型だが動きは機敏で仕事も早く、私に代わって他のスタッフに指示を出してくれることもある頼りになる存在だ。

私も幸恵の隣のコンロを使い、鶏のささみのほぐし煮の調理を始める。薄味で仕上げて、最後に葛《くず》の粉でとろみをつければ完成だ。離乳食は他の給食よりも早めの時間に出されるので、下ごしらえの合間を縫って準備を進めなければならない。

「そういえば哲生くん、例の件はもう大丈夫なの？」

ささみの鍋《なべ》を揺すっていると、隣で炊《た》けたおかゆを冷ましていた幸恵が尋ねてきた。若いスタッフたちは、ちょうど麦茶を配りに出ていったところだった。

「うん。本人に聞いたけど、あの彼女とはもう会ってないって。学校も行ってるよ」

幸恵にだけは話していたのだが、三月の下旬に突然、哲生から大学を辞めたいと打ち明けられた。結婚したい女性がいて、彼女を養うために働くつもりだというのだ。

夕食のあとに思いつめた顔で訥々《とつとつ》と告げられた時は、驚きのあまり言葉が出なかった。哲生はまだ大学二年生で、将来はＩＴ関連の仕事がしたいからと情報学科のある国立大に入学し、これまで真面目《まじめ》に勉強してきたのだ。

哲生に恋人ができたことは、昨年の秋頃からの浮き立った雰囲気で気づいてはいた。クリスマスイブに、普段着たことのない小ぎれいなジャケット姿で外出した息子を見て、寂しいような、くすぐったいような気分になった。それとなく彩花にメールで報告すると、そのジャケットは彩花が哲生からデート時の服装について相談され、選んで買ってやったものだという。言うことはきついが面倒見の良い彩花は、家を出てからも哲生の様子を気にして、よくメールや電話でやり取りをしていた。

だが彩花も、そのデートの相手が哲生より七歳も年上のシングルマザーだとは聞かされていなかったそうだ。

哲生の恋人は、アルバイト先のコンビニエンスストアで共に勤務していた佐山美玲《さやまみれい》という、二歳の娘を育てる母親だった。子供の父親とは一年前に離婚し、近所の実家に娘を預けて働いているのだという。

付き合い始めてまだ半年も経たない状況で、どうして結婚の話が出たのか。まさか子供ができたのではないかと青ざめたが、哲生はただ、一人で子供を育てる美玲を助けたいのだと、ぽつりぽつりとだが、熱に浮かされたように言い張った。詳しく話を聞くと、どうやら美玲が働きながら子育てしていくのがいかに困難かを哲生に訴えたことで、自分が助けになってやらなければと思いつめた、ということらしかった。

すぐ次の週末に、彩花も千葉から駆けつけての家族会議となった。私と彩花の説得で、哲生は大学を辞めることは思いとどまった。哲生からその決断について伝えさせたところ、美玲は数日後、幼い娘を連れて我が家を訪ねてきた。

日曜の昼にインターホンが鳴り、モニターを確認すると、二十代と見える見覚えのない化粧っ気のない女が目を伏せていた。「佐山と申します」と名乗られ、哲生の交際相手だと分かった。シングルマザーと聞いて想像していた見た目との違いに少々面食らうとともに、何をしにきたのかと不審に感じながら鍵《かぎ》を開けた。

まっすぐな長い髪をハーフアップにして、黒の膝丈《ひざたけ》のプリーツスカートにグレーのジャケットという地味な出《い》で立ちの美玲は、玄関先で私の顔を見るなり頭を下げた。

「このたびは、軽率なことをして、ご迷惑をかけてしまい、申しわけありません」

お詫《わ》びの気持ちだと洋菓子店の紙包みを差し出した美玲は、いかにもまじめで大人しそうな女だった。

少し垂れた大きな目と、小さい鼻に薄い唇というごく標準的な顔立ちで、あまり目立つところはないが、子供のように肌のきめが細かく色が白かった。急なことで預け先がなかったと連れてこられた美玲の娘は、白いフリルの襟のついた紺色のワンピースを着せられて緊張した顔をしており、その内気そうな様子も母親によく似ていた。始めは美玲の膝の上から降りようとしなかったが、テレビのアニメチャンネルを流してやると、そこは子供らしく、すぐにそちらに夢中になった。

美玲は、一児の母でありながらまだ学生の哲生と恋愛関係になったことを改めて詫びると、アルバイトを辞めたことと、今後は哲生と会わないことを告げた。

事前にその意思を伝えられていたのだろう。哲生は私の隣で、うつむいたまま、美玲の言葉を聞いていた。一度だけ、もう会わないという言葉が出た時に哲生は顔を上げ、美玲の方を見た。だが美玲が表情を変えずにじっと見返すと、そのあとは何かに耐えるように、ずっと下を向いていた。美玲はすでに心を決めている様子で、それ以降もまったく哲生の顔を見なかった。

「哲生さんのお気持ちが嬉《うれ》しくて、はっきり断ることができませんでしたが、私は今、この子を育てることで精いっぱいの状況で、再婚は考えていません。私があいまいな態度でいたために、ご家族にまで心配をおかけすることになって、本当にすみませんでした」

事情を聞いてみれば、結婚したいと言っていたのは哲生の方で、家族から結婚を反対されたという哲生の報告を聞いて驚いたそうだ。それで考えた末に哲生を説き伏せると、関係を清算し、詫びに来たのだという。

七歳年上のシングルマザーと付き合っていると知らされた時は相手の分別のなさに腹を立てたが、会ってみればごくごく常識的で、むしろ子供を育てている分、彼女と同年代の私の同僚と比べてもしっかりしている印象だった。

「相手の女の人も、わざわざ家まで謝りに来てくれるようなきちんとした人だったから、心配ないでしょ」

「きちんとしてたら、小さい子供がいるのに大学生に手を出したりしないわよ」

幸恵はおかゆを取り分ける手を止めて、眉《まゆ》を吊《つ》り上げる。最初にこの話をした時から、彼女は私以上に美玲に対して辛辣《しんらつ》だった。

「そういう大人しい見た目の女って、意外と油断できないからね。ちゃんと哲生君の様子、気を配っておいた方がいいよ。相当、その人にやられてたんでしょう」

確かに、美玲に別れを告げられた哲生は傷心のあまり、しばらく大学にも行けなかった。私が仕事に出ている間に、どうにか食事だけはしているようだったが、話しかけても返事をせず、自室に閉じこもっていた。美玲を失ったのは母親が反対したせいだと、恨む感情もあったのかもしれない。

姉の彩花も哲生を気づかって何度も電話をくれていたようだ。そうして心情を聞いてもらううちに、だんだん気持ちの整理もついたのだろう。ゴールデンウィークが明ける頃にはどうにか立ち直り、学校に行くようになった。私とも、少しずつ話をするようになった。

「哲生君の未練につけ込んで、連絡してくるかもしれないわよ。別れてから少し経った頃が危ないのよ。もう片がついたって安心してると、裏でよりを戻してたりして」

身近にそんな話でもあったのか、不快そうに眉を寄せて幸恵が忠告してくる。その声の大きさに思わず廊下の方を確認したが、若いスタッフたちが戻ってくる気配はなかった。

「それは多分、大丈夫。実はね、相手の人、もう新しい恋人ができたらしいの」

「何それ。別れたのって、つい三か月前でしょう」

幸恵は目を丸くした。私も、哲生からそれを聞いた時は少し戸惑った。

「二週間前くらいかな。息子の帰りが遅くて、ちょっと様子がおかしかったから、あの彼女と何かあったのって、つい聞いちゃったの。そしたら、向こうはもう新しい人と付き合ってるから、会うことはないって」

不機嫌そうに返され、それ以上詳しい話は聞けなかったが、哲生はどうしてそのことを知ったのだろう。アルバイト仲間に、美玲とまだ繋《つな》がりがある人がいるのかもしれない。

「やっぱり、そういう一見無害そうに見える女ほど、やることはしっかりやってるのよ」

美玲と会ったこともないのに、幸恵はしきりに納得した様子でうなずいている。

「だったら本当に安心じゃない。哲生君が魔性の女の標的から外れて」

「まあ、そうなんだけどね」

魔性の女、という時代がかった表現に苦笑しつつも、私は美玲について以前、彩花が言っていたことを思い出していた。

「哲生の話を聞いてたら、その佐山って人、ちょっと危ない感じがしたんだよね。多分、裏表があるタイプだと思う」

美玲が家を訪ねてきて、哲生とは別れることになったと伝えると、彩花は安堵《あんど》した様子を見せながらも、美玲と哲生の関係について、気になっていた点があったと話し始めた。

「哲生が気弱すぎるっていうのもあるんだけど、かなり彼女の言いなりになってたみたい。食べたいものがあると、メールして買ってこさせたり。前に哲生、彼女に頼まれて高級食パン買うのに一時間も並んだらしいよ」

それを聞いた時は、あの大人しそうな女性が、と驚いたものだが、案外、幸恵の言うように美玲は、見た目と中身に差があるタイプだったのかもしれない。

どちらにしても、彼女に新しい恋人ができたのならもう心配はないのだが、私には一つだけ、気になっていることがあった。

二週間前もそうだったが、最近よく哲生が外で夕飯を食べてくる日があるのだ。本人は友達と会っているというのだが、元々付き合いの少ない子だったので、どうして急にと違和感を覚えていた。幸恵にそれとなく切り出してみる。

「年度が替わって新しい友達が増えたのかもしれないけど、だとしても頻繁なのよ」

それだけではない。私に対して警戒しているような態度で、スマートフォンの画面を隠しながら操作していたこともあった。

「あまり詮索《せんさく》するのも良くないと思うんだけど、どんな友達か聞いても、うるさそうにするだけで答えてくれないし。明け方まで帰らなかったこともあるんだから」

私が眉を曇らせると、幸恵は「まあ、大学生の男の子だったら、それくらい全然普通だけどね」と笑った。

「うちの息子だって朝帰りなんかしょっちゅうよ。それに友達のことなんて、親に詳しくは話さないでしょ。須崎さんだって若い頃は、そうだったんじゃない？」

確かにね、と同意しながらも、不安を拭《ぬぐ》いきれない自分がいた。母親の勘のような もので、子供が嘘《うそ》をついたり秘密を抱えていたりすると、なんとなく分かるものだ。

「すみません、ひよこ組さんが麦茶のピッチャー倒しちゃって。まだやかんに残ってます?」

若いスタッフたちが困り顔で戻ってきて、哲生の話はそこまでとなった。こういう時のためにいつも麦茶は多めに煮出しているので、作り直す必要はない。

トラブルが片づいたあとは、またスタッフ全員で調理に入る。今日のメニューは鮭《さけ》の味噌《みそ》マヨネーズ焼きとマカロニサラダ、それにわかめスープとご飯だ。大きな炊飯器のスイッチを入れたあと、みんなで手分けして百切れ近い鮭の切り身から丁寧に骨を外す。

「あなたたちは老眼まだでしょ。私や須崎さんはそろそろヤバいんだから」

幸恵の言葉に、若いスタッフたちが笑う。手を動かしながら、最近観ているドラマの話や評判のダイエットのことなどについて、おしゃべりをする。立ちっぱなしの作業は体力的にはきついが、ずっと机に向かう仕事よりは私に向いていた。

「十一時に検食だから、これが終わったら主菜と副菜に分かれましょう。今日は私と幸恵さんで主菜の方を担当するね」

スタッフに指示を出しながら、十一時半の給食の時間に間に合うよう作業を進める。出来上がった給食をクラス毎《ごと》の大きな容器に分けて運び終えたあとは、順番に昼休憩を取って食器の後片づけだ。私は片づけの合間に、明日の納入について業者に確認したり、園長や保育スタッフたちとの昼礼に出たりする。

午後はおやつの準備だ。うちの園では手作りのおやつを提供することになっている。今日は細かく切ったサツマイモを練り込んだ蒸しパンを、四つある蒸し器をフル稼働《かどう》させて作った。エアコンが効いていても汗が流れ落ちるので、夏場はあまりメニューに入れないでほしいとスタッフは言うのだが、園児たちには人気のおやつだ。昼前から降り出した雨のおかげで暑さはいくらかましだったが、それでも百個もの蒸しパン作りは重労働だった。

おやつの時間が終わり、食器の片づけが済んだところで若いスタッフは退勤した。幸恵に延長保育の園児のための補食の準備を頼み、私は調理室の向かいの職員室で来週の食材の発注や給食だよりの作成など、事務作業をする。

「須崎さん、さっきから携帯鳴ってない?」

夕方五時の退勤時間を前に、日報を書いていた幸恵に突然、そう声をかけられた。苦手な経費の計算に集中していて気づかなかったが、机の書類の上でマナーモードにしてあるスマートフォンが震えている。番号を見ると、川崎市の市外局番のようだ。急ぎの案件で業者から直接電話がかかってくることもあるので、おそらくそれだろうと思った。

「はい、須崎です」

「恐れ入ります。須崎哲生さんのご家族の携帯電話で間違いないでしょうか」

硬質な男性の声に、すうっと背筋に鳥肌が立った。そうですけど、と答えながら、見るとはなしに職員室の窓に目をやる。半日降り続いた雨のために、園庭には大きな水たまりができていた。母親に手を引かれて歩いていく園児の黄色い傘が、暗い鈍色《にびいろ》の風景をよぎる。

「川崎西警察署の津島《つしま》と申します。本日午後三時に市内の佐山美玲さん宅で、美玲さんが怪我《けが》をして重体となっているのが発見されまして、その件で哲生さんから参考人として事情を聞いております。ご家族のお話も伺いたいので、お手数ですが、これから署の方へおいでいただけますか」

二

タクシーは警察署の入り口のすぐ前まで乗り入れてくれた。忘れないように体の左側に置いていた傘につまずきそうになりながら、急いで降りる。保育園には理由までは伝えず、私用ができたからと三十分早く退勤させてもらった。

受付で自分の名前と、息子が事件のことで事情を聞かれている旨《むね》を伝えた。カウンター内の若い女性警官の顔が強張《こわば》ったように見えた。電話では詳しい話は聞けなかったが、きっと大きな事件なのだろう。事故なのか、それとも強盗か何かの被害に遭ったのか。タクシーの車内で聴いたラジオではまだニュースになっていないようだったが、それでなぜ哲生が事情を聞かれなければならないのか。

受付の前で待っていると、電話をくれた津島という刑事がほどなく現れた。私と同じくらいの年代で、体格はがっしりしているが丸顔の、警察官というよりは学校教師のような柔和な印象の男性だった。

「雨の中すみませんね、お母さん。哲生さんの本日の行動について本人から伺っているんですが、その内容について、周囲の方にも確認させてもらいたいんですよ」

申し訳なさそうにそう言うと、津島はいくつか机が並んだ奥にあるテーブルの方へと先に立って歩き出した。銀行の融資相談窓口のように、その一角だけパーテーションで囲ってある。二つ置かれたパイプ椅子《いす》の片方に座ると、津島も向かいに掛け、罫《けい》線《せん》入りの用紙を挟んだクリップボードを前にボールペンを握った。私が着く前にも書類仕事をしていたのか、大きな右手の小指側にインクの擦れた跡がついている。

「では哲生さんが家を出た時間と、日中、連絡があったならその時間も、教えていただけますか」

視線の置きどころが落ち着かず、対面する津島の手元を見つめることにして、問われたことに答える。哲生は一限目の講義に出るために、いつもどおり七時五十分には家を出たはずだということと、今日は一日電話もメールもこなかったことを伝えた。几帳面《きちょうめん》な角ばった字で、津島が私の言ったことを書き取っていく。

「私の方が先に出勤してしまったので、正確にその時間か分からないけど、とにかく、一限目がある時はいつもそうなんです」

「なるほど。それで、今日はどこかに出かける予定があるというような話はしていませんでしたか」

「夜に友達と食事をするとは聞いてましたけど——あの、それよりどうして息子が事情を聞かれているんでしょうか。確かに佐山さんとお付き合いはしていたようですが、もう大分前に別れているんですよ」

津島の方から一向に説明がないので、私の方から尋ねるしかなかった。津島は少し意外そうな顔になると、クリップボードの用紙をめくり、私に見えないように何かを書き加えた。そうして改まったようにテーブルの上で両手を組むと、口を開いた。

「経緯をお伝えしますと、佐山さん親子の住むマンションの住人から子供の叫び声がすると通報がありまして、署員が駆けつけたところ、部屋の中で佐山美玲さんが倒れているのが見つかりました。哲生さんは、その現場にいたんです」

言われたことの意味がすぐには分からず、はあ、と気の抜けた返事をしたまま、ぼんやりと津島の真面目な顔を見つめていた。

「部屋の中には、泣いている佐山さんの二歳の娘さんと、哲生さんしかいませんでした。佐山さんは鈍器のようなもので頭部を殴られ、両手で首を絞められた暴行の跡があり、現在も意識が戻っていない状況です。娘さんに怪我はありませんでしたが、事件を目《ま》の当たりにしたショックから酷《ひど》く混乱した状態で——まあ、まだ二歳ですから話を聞くことが難しくてですね、そういうことで、哲生さんに事情を聞いています」

津島の言葉に、ゆっくりとうなずきながら、何かを考える前に涙がこぼれた。

膝の上に置いたバッグの中から、ハンカチを出そうとしてバッグごと取り落とす。飛び出したスマートフォンが床の上を滑った。

「お母さん、しっかりね。今はまだ、話を聞いているだけですから」

津島は腰をかがめてスマートフォンを拾うと、こちらに差し出した。気づかわしげに眉を寄せて、じっと私の顔を見つめている。

「他にお子さんはいらっしゃるのかな」

バッグを抱えた私が座り直すのを待って、津島が尋ねた。

「娘が——哲生の姉がいます」

「お姉さんね。必要なら、この場で連絡してもらって構わないですから。哲生さんのお父さんとは、離婚されてるんですよね」

弾《はじ》かれたように顔を上げる。なぜ知っているのだろう。頭が真っ白になった。だがすぐに、哲生が話したのだと思い至った。

「哲生さんが、お父さんの連絡先は知らないとのことだったので、お母さんの方にだけお電話させてもらったんですよ」

「——父親とは、哲生が三歳の時に離婚して以来、会わせてないんです。私も、連絡は取っていません」

答えながら、津島にどこまで知られているのか不安で、膝が震えてくる。まだ三歳だった哲生が、当時のことをはっきり覚えているとは思えない。しかし、彩花から聞かされたという可能性もある。

「そうですか。お母さんが親権を持っておられるのなら、お父さんの方に私どもから連絡をすることはないのでご安心ください。他に一緒に住んでいるご家族は？」

口調は穏やかだが、じっと私に向けられている視線に圧を感じる。問いかけに首を振りながら、離婚の理由を聞かれなかったことに安堵した。

「分かりました。では、ご存知のことだけでも教えていただきたいんですが、哲生さんと佐山さんはお付き合いされていたんですか」

ボールペンを手にした津島が身を乗り出した。その声に、これまでと違う張り詰めたものを感じた。

「去年の秋から半年ほど、付き合ってたみたいです。アルバイト先で知り合ったようで——哲生は本当に真面目に交際していたんです。結婚のことまで考えて」

言ってしまってから、哲生にとって不利なことにならないかと心配になった。

「もちろん、まだ学生でしょうって説得しましたよ。それで哲生も佐山さんも、お互い納得して別れたんです」

「いつのことか、分かりますか」

津島がペンを動かしながら短く尋ねる。

「大学が春休みの時だったから、三月から四月にかけての頃です。それに佐山さんにはもう、新しい恋人ができたみたいで」

「ほう、そうなんですか」

手を止めた津島が顔を上げた。そのことを、哲生は話していなかったのだろうか。

津島は先を促すようにこちらを見つめている。しかし、喉《のど》の奥が塞がったように言葉が出なかった。心臓が、音が聞こえるのではないかと思うほど強く脈打っている。

「あの――」

やっと口を開くと、周囲を見渡す。制服姿の警察官達はそれぞれ机に向かい、電話をかけたり書き物をしたりと忙しそうに働いていた。その向こう、受付の前の廊下の奥に、ドアがいくつか並んでいる。

「哲生は今、どこにいるんでしょう。哲生と話がしたいんです」

私が不用意に話したことで、哲生があらぬ疑いをかけられる可能性があることに、ようやく気づいた。ドアの上のプレートの文字はここからでは読めなかったが、あの部屋のどこかに哲生がいるのだろうか。

哲生が、誰かを傷つけるはずはない。佐山美玲が重体となって発見された現場に、たまたま居合わせてしまったのだ。どうしてそんなことになったのかは分からないが、もしこの件が事故ではなく事件だとしたら、現場にいたという事実だけで、犯人扱いされてしまうかもしれない。

「哲生は佐山さんとのことを、なんと言っているんでしょう。どうして彼女の家に行ったのか――」

「申しわけないですが、哲生さんが供述した内容については、一切お知らせできません」

厳しい表情で津島が遮った。《供述》という、日常では話されることのない言葉が、ドラマでも観ているかのように空々しく感じられた。

「哲生さんの話した内容をお母さんに伝えることで、お母さんのお話が変わってしまうかもしれない。私が言っている意味、分かりますよね」

口裏を合わせるかもしれないと言われているのだ。私は津島の顔をまっすぐに見返すと、うなずいた。これ以上、余計なことは言わない。そう決めた。

「哲生からは、佐山さんのことはほとんど聞いていません。あまり女親に、話すような話題ではないでしょう。お役に立てなくて、すみませんけど」

突き放したように言ってやると、津島は少し怯《ひる》んだ様子で、そうですか、と自身の手元に視線を落とした。それから哲生の交友関係や美玲とのことについて改めて聞かれたが、よく知らないとだけ答えた。

そのあとも津島は、質問の仕方を変えながら、しつこく哲生と美玲との関係について聞き出そうとした。だが私が態度を変えたおかげか、津島は何か言いたそうにしながらも、それ以上踏み込んではこなかった。

「――では、伺いたいことは以上になります。本日のところは帰っていただいて結構です。お時間を取っていただいてありがとうございました」

やっとそう告げられた時には、午後の七時になろうとしていた。もう一時間以上も話していたことになる。

「いえ、それで、哲生は一緒に帰れますか？　明日は確か、大学の必修科目がある日ですので」

立ち上がりながら尋ねると、津島は気の毒そうな視線をこちらに向けた。

「まだ取り調べが続いているので、難しいかと思います。実を言いますと、哲生さんは佐山さんとの関係や、どうしてその場にいたのかといった事件に関する質問については、一切黙秘しているんです」

それを聞いて、だから津島は私からなんとか情報を得ようとしていたのだと腑《ふ》に落ちた。納得するとともに、なぜ哲生はそれらのことを話そうとしないのか、また、警察は哲生と美玲の関係について、どうしてまだなんの情報も摑《つか》んでいないのだろうかという新たな不安と疑念が湧《わ》いた。

「状況が変わるようなことがあれば、すぐにご連絡します。それと――」

言いにくそうに言葉を切ったあと、津島はポケットから自身のスマートフォンを取り出した。

「佐山さんの事件ですが、先ほどニュースとして報道されました。息子さんのお名前は出ていませんが、今後ご自宅の方にマスコミが訪問する可能性がありますのでご注意ください。何かトラブルが起きれば警察が対応しますが、可能なら自宅を離れておいた方が良いかもしれません」

津島がこちらに向けたスマートフォンの画面に、『川崎市で女性重体　首絞められ意識不明』というネットニュースの見出しが映し出されていた。続く「その場にいた知人男性から事情を聞いている」という文字が遠のいていくように見えたかと思うと、机に手を突いていた。めまいを起こしかけたようだ。

警察署の入り口まで津島が付き添ってくれたが、報道関係者と思われる人間はいなかった。建物を出たあと、傘で顔を隠すようにしながら通りまで歩く。これから何をしなければいけないのか、混乱した頭で必死に考えていた。

美玲に暴行を加えた犯人さえ見つかれば、哲生はすぐに解放されるはずだ。しかし警察は今のところ、現場にいた哲生が事件に関わっていると考えているようだ。なぜ哲生はきちんと事情を話さないのだろうか。その状況では疑われても仕方がない。哲生は犯人ではありえないのだから、さすがに逮捕されることはないだろう。哲生が女性に暴力を振るうわけがないし、まして二歳の娘の目の前でそんな真似《まね》をすることなど、あるはずがない。

佐山美玲が命を落とさずに済んだことは、心から良かったと思う。だが、彼女が意識不明だというのがもどかしかった。美玲が話のできる状態で、犯人は別の人間だと証言してくれていたら、こうして警察に留め置かれることはなかったのだ。

職場への連絡は後回しにして、まずは彩花に電話をかけた。しかし勤務中で電源を切っているのか、留守番電話になっていた。佐山美玲の事件で、その場に居合わせてしまったために哲生が取り調べを受けている、すぐにかけ直してほしいとメッセージを送る。それからタクシーを拾うと、自宅マンションの住所を告げた。家を離れるにしても、身の回りのものや現金など必要なものを取りに戻らなければならない。

マンションの手前でタクシーを降り、周囲の様子をうかがってみたが、普段どおり帰宅する会社員や学生たちが歩いているだけで、特にいつもと変わりはなかった。それでもなんとなく急ぎ足でエントランスを抜け、エレベーターに乗り込む。

実家はすでになく、こんな時に泊めてもらえるような間柄の友人はいない。ひとまずビジネスホテルにでも泊まろうと考えた。通帳や服、化粧品など、持ち出さなければいけないものを頭の中で挙げながらエレベーターを降りた時、廊下の奥に人影が見えた。ちょうどうちの部屋の前に、黒いビジネスバッグを提げたスーツ姿の男が一人、佇《たたず》んでいる。

何かあれば警察に電話をしようと、バッグの中のスマートフォンを握った。警戒しながら近づいていくと、男もこちらに気づいた様子で会釈《えしゃく》をしてくる。

知っている人ではない。身長は哲生より少し低いくらいだろうか。中肉中背の体格で、この雨のせいなのか、癖の強い髪が波打っている。緊張した様子で丸い大きな目を落ち着きなく動かしている様子は、押しの弱いセールスマンといった印象だ。童顔のために年齢が推測しにくいが、おそらく三十代と思われた。

「こんばんは。須崎哲生さんのお母様でしょうか」

他の住人に配慮してか、小声でそう尋ねてきた。私がうなずくと、男はバッグの外ポケットから名刺入れを取り出した。

「私《わたくし》、ホーム法律事務所で弁護士をしております、岸根《きしね》と申します。哲生さんのことで、少々お話しさせていただきたいのですが」

戸惑いながらも差し出された名刺を受け取る。ホーム法律事務所は駅前のビルに看板が出ているのを見かけたことがあった。名刺の中央には《弁護士　岸根拓弥《たくや》》と印字されている。どうしてこんなタイミングで弁護士が訪ねてくるのか、見当もつかなかった。

「すみませんが、どういった用件でしょうか。哲生が何かご相談をしていたのなら、私はちょっと聞かされていないもので」

出直してもらうつもりでそう言うと、男は辺りを見回してから済まなそうな表情で、いっそう小声になって告げた。

「このたびは、佐山美玲さんのご家族の代理人としてこちらにまいりました。須崎哲生さんの、佐山さんに対する付きまとい――いわゆるストーカー行為のことで、以前から相談を受けておりまして」

三

マンションから十分ほどの距離にある喫茶店に岸根を待たせ、キャリーケースに着替えや保険証や現金などの荷物を急いで詰めて駆けつけた。店に入ると、岸根はアイスコーヒーのグラスが置かれたテーブルでスマートフォンの画面を眺めていた。私に気づくと、慌《あわ》てた様子でスマートフォンを伏せる。

「大変な時に、申しわけありません。哲生さん本人とお話しするつもりが、なかなか会っていただけなくて、そのうちにこのようなことになってしまい――」

席に着いて注文を終えた私に、岸根は神妙な顔で頭を下げた。私は謝罪を受ける立場なのだろうか。どう返事をしていいか分からず、いいえとだけ答える。

「せめてお母様にだけでもお会いして、これまでのことをお伝えしなければと思いまして。遅い時間に直接お伺いしてしまい、失礼しました。ご自宅の住所と電話番号しか、分からなかったものですから」

岸根は恐縮した様子で、また頭を下げる。自分のせいで事件が起きたとでも思っているのだろうか。こうして明るい場所で見ると、心なしか顔色が悪いように感じた。

どう話せばいいか迷っているように、グラスの表面の水滴を指で拭っている。

「――それで、哲生が佐山さんに付きまとっていたというのは、本当なんでしょうか。息子からは、とうに別れたと聞いていたのですが。それに、佐山さんには新しい恋人がいるんですよね」

頼んだホットコーヒーが来るのを待って、私の方から切り出した。岸根はうなずくと、決心がついた様子で話し始めた。

「その、恋人ができたと伝えたことが良くなかったのかもしれません。哲生さんはそれを、佐山さんの裏切りだと考えたようなんです。つまり、ご自分と同時進行で付き合っていたのではないかと。佐山さんは否定したのですが、哲生さんは納得できなかったようで、嘘をつくなという趣旨のメッセージを何通も送ってきたそうです。そしてついには、佐山さんのマンションに押しかけたということでした」

岸根の話を聞きながら、哲生の心情を思い、胸が痛んだ。

二週間前、美玲に新しい恋人がいると哲生に聞かされた時、私も実は同じことを考えたのだ。哲生が美玲と別れたのは、ほんの三か月前のことだ。小さな子供がいる上に仕事を辞めたばかりという状況で、そんなにすぐに恋人ができるものだろうか。

そうそう新たな男性と出会う機会などないだろうし、それならば哲生と付き合っていた頃には、すでに交流があった相手なのだろう。違うと言われても、証明できることではない。納得できなくて当たり前ではないか。

「哲生から聞いた話では、別れて三か月も経たないうちに、新しい恋人ができていたようです。二股《ふたまた》をかけられたと考えるのは当然でしょう。哲生は佐山さんに、本当のことを言ってほしかっただけです。別に復縁を迫ったわけでもないのに、ストーカー扱いされるなんて」

震える声で、それでも懸命に哲生を擁護した。

「刑事さんに聞きましたけど、哲生は佐山さんにそんな仕打ちを受けたことを黙っているんです。彼女との関係についても、今日の事件についても一切黙秘しているって。私も詳しくは話しませんでしたが、そういう事情をきちんと説明すれば、警察だって佐山さんの方がおかしなことをしてるって分かるはずですよ」

悪いのは、哲生を手玉に取った美玲の方なのだ。私は必死に訴えた。だが岸根は眉《み》間《けん》にしわを寄せると、これまで見せなかった厳しい表情で私を見つめた。

「状況を理解されてないようですが、相手が脅威に感じるほど何通もメッセージを送ったり、会うことを拒否されているのに自宅に押し掛けたりしたら、それは犯罪なんです。本当なら警察に通報するべきでしたが、佐山さんは、まだ哲生さんが学生で将来のある身だからということで、私どものところへ相談に来られたんです」

自分の息子を犯罪者呼ばわりされ、それだけでも突き落とされたような思いだったが、続く岸根の物言いに、私はさらなる衝撃を受けた。

「佐山さんの意向に反しても、警察に相談するように勧めるべきでした。そうしていれば、哲生さんがその手を彼女の首にかける前に――こんな殺人事件を起こす前に、対処してもらえたのに」

殺人という言葉の響きに、胸に太い杭《くい》を穿《うが》たれたような感覚がした。岸根は自分の判断を心から悔やんでいる様子で、テーブルの上に置いた自身の手を見つめている。水仕事で荒れた私の手とは違う、すべすべしたきれいな手だった。岸根は、佐山美玲を襲った犯人は哲生だと思っているのだ。

「待ってください。哲生は、たまたまそこに居合わせたせいで事情を聞かれているだけなんです。刑事さんもそう言ってました」

「ただの参考人を、何時間も拘束して取り調べたりしませんよ。参考人から被疑者に切り替えるのを見越してのことでしょう。マスコミに流された情報からしても、警察は明確に哲生さんを犯人とみなしています」

とても現実の話とは思えなかった。あの哲生が、人を傷つけるはずがない。小さな頃から気が弱くて優しくて、食事の前にいただきますと手を合わせるような子が。

そんなはずはない。そんなはずはないと、繰り返し強く否定する。私は、最後まで抵抗した。

「哲生は、暴力を振るうようなことはしません。まして相手は子供のいる女性ですよ。うちの子は——哲生は本当に優しい子で、人様を傷つけるなんてできる子じゃないんです」

早口でまくしたてながら、血の気が引いていく。向かいに座る岸根は顔を上げると、射るような目で私を見つめ、口を開いた。

「佐山さんが以前、哲生さんから打ち明けられたそうですが、哲生さんのお父様とはDV——ドメスティックバイオレンスが原因で離婚されたのですね」

——覚えていたのだ、哲生は。

ぞくりと、背筋に寒気が走った。凍りついたように、体が動かなくなる。

「だったら、なんだというんですか。哲生と父親は、違う人間でしょう」

どうにか、絞り出すようにそう言ったが、顔を上げることができなかった。コーヒーの白いカップを見つめたまま、細く息をして胸の苦しさをやり過ごす。

「暴力が遺伝するとは言いません。ですが夫婦間の暴力を目の当たりにすることは、子供の精神や行動に重大な影響を及ぼします。父親から母親への身体的暴力を見て育った子供の何割かは、自身もパートナーに暴力を振るうというデータがあるのをご存じですか。それに、やはり性格にはある程度は遺伝の要素があります。哲生さんには、普通の人より激昂《げっこう》しやすいという面はありませんか」

岸根の言葉に、私は哲生がまだ幼かった頃のことを思い出していた。

夫と離婚したのは、彩花が六歳、哲生が三歳になった時だった。

大学を卒業して最初に就職した老人保健施設で、リハビリ用品の営業で出入りしていた夫と出会い、結婚した。付き合っていた頃も結婚してからも、喧嘩《けんか》はしたが暴力を振るわれたことはなかった。夫が変わったのは、哲生が一歳を過ぎてからだ。

子供たちの泣き声がうるさいとか、部屋が散らかっているなどと、夫はささいなことで腹を立て、しばしば私に対して文句を言うようになった。ある時、夫は晩酌をしながらいつものように、私の家事が手抜きだと批判し始めた。育児休暇を終えて仕事に復帰したばかりだった私は、共働きなのだから気になるなら自分でやればいいと反論した。次の瞬間、まだ半分ほど中身の入ったビールの缶が飛んできた。

幸い、缶は当たらなかった。夫は翌朝、本当に悪かったと何度も頭を下げて許しを乞《こ》い、それからしばらくは怒りを爆発させることはなかった。しかし半年後、子供を寝かしつけたあとにリビングで寝入っていたところを酔って帰ってきた夫に足蹴《あしげ》にされ、鎖骨にひびが入るほどの怪我をした。

ちょうどその頃、夫は営業から経理部に異動になり、本意でない部署で働くストレスから酒量が増えていた。もとより数字に強い人間ではなく、それでいてプライドが高いので年下の上司にミスを指摘されるのが我慢ならなかったようだ。なるべく夫を怒らせないように気をつかい、夫婦関係を改善する努力もしてみたが、暴力はエスカレートしていくばかりで、逃げる以外に方法はなかった。

自分の口座の貯金でアパートを借り、子供たちを連れて家を出た。夫も、元には戻れないと分かっていたのだろう。話し合った上で離婚が決まって間もなく、給与は下がるが勤務時間に融通がきく今の職場に転職し、彩花が小学校へ入学するのに合わせて、現在住んでいるマンションに引っ越した。夫はその後、実家のある北海道へ帰り、別の仕事に就いたと聞いている。

私に暴力を振るう様を見ていたせいか、彩花が父親を恋しがることはなかったが、哲生は転園した保育園に馴染《なじ》めず苦労した。当時から大人しく、友達を作ることが苦手だった哲生は、いじめの標的にされ、遊んでいるおもちゃを取られて仲間外れにされた。しつこくちょっかいを出された哲生がいじめっこの顔を積み木で叩《たた》いてしまい、怪我をさせたと園から連絡がきたこともあった。何度謝るように言っても黙り込んだままの状態が続き、それが幼児期に発症することの多い場面緘黙《かんもく》症の症状ではないかと担任に言われ、病院に相談に行ったのだ。

様々なことに悩み苦しんだあの頃のことを思い出していた時だった。テーブルに置いたスマートフォンが振動を始めた。画面を確認すると、公衆電話からの着信だった。

「哲生からだと思います。ちょっと出てきます」

そう断って席を立ち、店の外に出た。きっと警察署からかけているのだろう。テラス席の隅で雨を避けながら、通話ボタンをタップする。

「お母さん、ネット見た？」

動揺しきった甲高い声が耳元で響く。

「どうしたの、彩花。公衆電話からなんて」

電話の相手は、哲生ではなく彩花だった。

「スマホ、電源切ってるの。夕方から電話とかメッセージが止まんなくて。ネットに哲生の名前が出てる。私とお母さんの名前も。他にも、色々」

叫ぶように言ったあと、すすり泣く声がした。スマートフォンを握り締めたまま、すうっと血が下がっていく感覚がした。

「――どうして？」

「知らないよ！　誰か、知ってる人が書き込んだんでしょ。どんどん拡散されてるの。ねえ、どうしたらいい？」

胸を押さえ、なんとか息を吸う。視界がぐらぐら揺れ、地面に倒れ込みそうだったが、今は彩花を守らなくてはと、その思いで踏みとどまった。

「さっき、お母さん警察に行ってきたの。刑事さんが、トラブルがあったら対応してくれるって言ってたから、連絡してみる。あと、マスコミが来るかもしれないから、家に帰らない方がいいって。彩花、泊めてくれる友達はいる？」

「マネージャーが、今日はジムに泊まっていいって言ってくれてる。シャワーも仮眠室もあるから」

ひとまず、彩花の職場に味方がいたことに安堵した。

「ねえ、なんでこんなことになったの？　ていうかお母さん、一緒に住んでて、なんで気づかなかったの？　様子が変だとか思わなかった？」

非難する口調だった。スマートフォンを握る手が、がたがたと震えてくる。私のせいなのだろうか。私が気づかなかったせいで、哲生は――。

恐ろしくて、その場から逃げ出したくなった。

「最近、よく遅くなるとは思ってたの。でも、まさかこんなことになるなんて。家では普通にしてたんだから。今朝だって、一緒に朝ご飯食べて」

「どうせお母さん、哲生の話、聞いてあげてないでしょ。哲生、悩んでたんだよ。ご飯さえ食べさせればいいと思わないでよ。なんでもっとちゃんと、向き合おうとしなかったの」

彩花は私を追い込むように、尖《とが》った声で責め立てる。歯を食いしばり、顔を上げると、ビルの谷間の暗闇《くらやみ》から落ちてくる無数の水の筋を見上げた。雨の匂《にお》いに包まれながら、自分は本当に一人きりなのだと感じた。

「――ごめんね。今、弁護士さんと話してるから。また電話する」

弁護士がどうしたの、という彩花の問いに答えないまま、通話を切った。顔が熱く、こめかみが脈打っている。息を整え、涙を拭ってから店の中へ戻った。

「須崎さん、大丈夫ですか」

目が赤いのに気づいたのだろう。席に着いた私の顔を、岸根が心配そうに覗《のぞ》き込む。

「娘からでした。まだ報道されてないのに、哲生の名前も、私と娘の名前までネットに書き込まれているんだそうです。本当に、何が起きているのか――」

岸根は不快そうに顔をしかめると、大きなため息をついた。

「犯罪者についての情報を書き込むサイトというのがあるんです。犯人の氏名が公表されていない事件でも、そこに知り合いだという人間が先んじて書き込んでしまう。本人の顔写真や、家族についての情報まで暴露されることもあります。犯罪者や、その犯罪者を野放しにした家族に制裁を加えるのだと大義名分を掲げてはいますが、面白がって騒いでいる人たちが大半です。さらにそこに書き込まれた情報を、SNSやネット掲示板で拡散する人間までいる」

吐き捨てるような口調で言うと、岸根は自身のスマートフォンを操作し始める。

「おつらいでしょうが、どこまでの情報が書き込まれているか、確認した方がいいでしょう。住所などの個人情報が書き込まれていれば、警察に申告して削除してもらわないといけないですから」

ほどなく、岸根がそのサイトのページが開かれた画面をこちらに向ける。哲生の在籍する大学名と中学の卒業アルバムの写真、彩花の名前と現在働いているジムの支店名、さらに私の名前と勤務先の保育園の名前までが書き込まれていた。

「どうやら、このサイトのURLが川崎市の地元のネット掲示板で拡散されて、それでここまでの騒ぎになってしまっているみたいです」

情報を知った者がさらに自分の知っている情報を書き込み、それについての感想がまた書き込まれている。
《こいつ、学食で弁当食ってるの見たことある。大学生にもなって母親の手作り弁当とかキモイ》
《姉ちゃんの写真ないの？　まあブスだろうけど》
《完全に母親の過保護のせいじゃん。責任取って死ねよ》
まともに受け取ってはいけないと、自分に言い聞かせながら文字を追う。まだ書き込まれたばかりのコメントを見て、息が止まりそうになった。
《この母親、息子がバツイチ子持ちと付き合ってるの別れさせたらしいけど、息子がそのあとも女と会ってるかもって言ってた》
そのことを話したのは、一人だけ——同僚の幸恵だけだ。
震える手でスマートフォンをテーブルに置こうとしたその時、私のスマートフォンに再び着信があった。夕方にかかってきたのと同じ、川崎市の市外局番の番号が表示されている。
通話ボタンをタップして耳に当てる。「川崎西署の津島です」と切迫した声が名乗った。

「息子さんが、供述を始めたそうです。このまま犯行を自供すれば、明日の朝には暴行傷害容疑で逮捕状が出ます」

四

どうしてこんなことになったのか。

頭の中で、同じ問いを何度も繰り返す。

哲生が事件について供述を始めたと聞かされてもまだ、私は犯人は別にいるのではないかという考えを捨てることができなかった。

思い浮かぶのは、まだ赤ちゃんだった頃の哲生の笑顔。

保育園の入園式で、急に大勢の他の子供たちに囲まれ、泣き出してしまったこと。

合格者の受験番号が貼《は》られた大学の掲示板の前で、満面の笑顔でこちらを振り返り、両手で大きな丸を作ってみせた時のこと。

「——須崎さん。もうすぐですよ」

ハンドルを握る岸根の声で我に返る。

「この時間ですから、事務所には誰もいません。明日の午後にはアシスタントが出勤してきますが、それまではゆっくりできますから」

ビジネスホテルに泊まるつもりだったが、週末と重なったためか人気アイドル歌手のコンサートがあったためか、問い合わせた何軒かのホテルはどこも満室だった。行く当てをなくして困っている私を見かねたのか、その場にいた岸根が、駅前の自分の事務所に泊まることを提案してくれたのだ。

「そんなにお若いのに法律事務所の所長さんだなんて、凄《すご》いですね」

「いいえ、義父の事務所を継いだだけなんです。まだ六十歳なのに、仕事を引退して田舎で有機農法をやりたいなんて言い出して。そもそも、弁護士が妻と僕の二人しかいない、小さな事務所ですしね」

私の誉《ほ》め言葉に苦笑する岸根の横顔を見つめるうちに、夫婦して高収入な仕事に就き、さらには妻の父親の事務所を受け継ぐという恵まれた人生を送っている若い弁護士が、憎らしく思えてきた。こちらは息子が逮捕され、自分も職を失おうという状況なのに。

喫茶店を出たあと、ホテルの予約をする前に、職場の保育園の園長に電話をした。

園長は、待ってましたとばかりにスマートフォン越しにまくしたてた。

「ちょうど、こちらからかけようとしていたの。ネットの掲示板を見たっていう保護者からの電話がずっと鳴りやまなくて。事件が事件でしょう。子供の目の前で母親の首を絞めるような男の親に、給食を作ってほしくないって——私は息子さんが犯人だなんて思っていないけれど、そういう親御さんの気持ちを無視するわけにもいかなくて。申しわけないけど、しばらく出勤してこないでほしいの。当面は残りのスタッフで回してもらうから、今後のことは、また改めて話し合いましょう」

優しい口調で残酷な処遇を言い渡され、だが従うしかなかった。私だって、保護者の立場なら同じようなことを思うかもしれない。

岸根の事務所に向かう車の中で、スマートフォンでニュースを検索し、いくつかのメディアで発表された事件の記事を読んだ。どこでもまだ、哲生の名前や学校などは発表されていなかったが、二歳の子供の目の前で母親が殴られ、首を絞められたという残酷な状況を扇情的に伝えていた。

「着きました。車、地下の駐車場に入れちゃいますね」

岸根は車を減速させると、ビルの裏側の駐車場入り口に向かってハンドルを切る。なだらかな傾斜を下り、ぽつぽつと照明が灯《とも》った地下駐車場の一角に手慣れたハンドルさばきでバックで停めた。エンジン音がほとんどしない高級そうな黒のハイブリッド車で、手元を照らすライトや木製のパネルなど、車内の装備も凝っている。

先に車を降りた岸根について、通用口から階段を昇り、ロビーに出る。エレベーターに乗り込むと、事務所のある三階へ向かった。廊下に二つ並んだドアの手前に《ホーム法律事務所》と横書きされた金属製のプレートが貼りつけられている。

「どうぞ。今、冷房を入れますから」

鍵《かぎ》を開け、明かりを点《つ》けると、岸根は応接ソファーの上にビジネスバッグを降ろし、壁のスイッチを操作する。入り口で立ち止まったまま、事務所の中を見渡した。

義父から譲り受けたとあって、ソファーやテーブル、机などの調度品は古びてはいるが、どれも上等なものに見えた。

入ってすぐの壁際《かべぎわ》には鮮やかな彩色のバラとオウムが描かれた陶器の傘立てが据えられ、置き傘や忘れ物と見える傘が数本残されている。その隣に置かれた黒いキャディバッグからは、つややかに磨かれたゴルフクラブが覗いていた。

「どうしました？　どうぞ、入ってください」

そう声をかけられ、私は覚悟を決めた。

「あの、岸根さんに伺いたいことがあるんです」

閉じられたドアを背に突っ立ったままの私に、岸根は不思議そうに首を傾《かし》げている。

緊張のためか、手のひらにじっとりと汗をかいていた。だが、もう後戻りはできない。

「今日はずっと、こちらで仕事をしておられたんですか」

突然、なんの話が始まったのかというように、岸根は目をしばたかせた。

「ええ。今日は外出の予定はなかったので、日中はずっと事務所で仕事をしていましたが」

嘘《うそ》だ、と反論したかったが、それよりも確かめなければいけないことがあった。

「佐山さんのことで、これまでの経緯を話したいから私を訪ねてきたとおっしゃいましたけど、本当は他の理由だったんじゃないですか」

私の問いかけに岸根の顔色が変わった。やはり、そうだったのかと、諦《あきら》めのような思いでため息をつく。

「――すみません。あとできちんとお伝えするつもりではいたんです。ただ、須崎さんの置かれた状況を考えると、なかなか言い出せなくて」

岸根は弱り切った様子で、目を泳がせている。私はその様子をじっと見つめたまま、先を促すように口を結んで待った。

「本日伺った本当の用件は、佐山美玲さんのご両親からの損害賠償請求についてです。美玲さんの今後の容態によっても変わってくるかと思いますが、お二人はお孫さんの心的外傷ストレス障害についても心配されていて、おそらく数千万円を請求させていただくことになるかと――」

私の行動に気づいた岸根が言葉を止めた。愕然《がくぜん》とした顔でこちらを見ているその頭部に、振り上げたゴルフクラブを打ち下ろす。重い衝撃と、手のしびれる感覚。同時に、無様な悲鳴が上がった。

倒れ込んだ岸根は、血まみれの額を押さえてうめいている。私がもう一度ゴルフクラブを振り上げると、両手を交差させて頭をかばった。思わず舌打ちをしながら握り方を変え、まさにゴルフボールを打つように、お腹《なか》の中心を思い切り殴りつける。岸根は獣のようなうなり声を上げたあと、アイスコーヒーと思《おぼ》しき薄茶色の液体を吐き出した。

再びゴルフクラブを上段に構える。岸根は体を丸めたまま、時折咳《せ》き込みながら荒い呼吸をしている。わずかに開いた目の端には涙がにじんでいた。

殺すつもりはない。動けなくできれば、それでいいのだ。クラブを下ろすと、床に転がる岸根に背を向け事務所の奥へ向かった。

所長の岸根のものと見えるオーク材の机の隣に、法律書らしき厚い本やファイルが置かれた棚と並んで、大きなダイヤル式の金庫が据えられている。

人に渡したくない大切なものを仕舞うなら、金庫の方だろう。だが、あの状態の岸根から番号を聞き出すことは難しそうだった。もしかしたら、どこかに番号がメモされているかもしれない。

机の引き出しを上から順に開け、手早く中を検《あらた》めていく。文房具や書類ばかりで、それらしきメモは見つからない。もちろん私の目当てのものもなかった。

焦《あせ》りながらも書類を取り出して間に隠されているものがないか確かめながら、もしかして、と別の可能性が思い浮かんだ。

そもそも、ああいうものを、妻やアシスタントの目に触れるかもしれない事務所の金庫に置いておくだろうか。むしろ、自分で肌身離さず持っているのではないか。

ならば岸根の持っていた、あの黒いビジネスバッグの中に――。

慌てて応接ソファーの方へ目を向ける。ビジネスバッグは、まだそこに置かれたままだ。岸根は相変わらず床の上にうずくまっている。私はそちらへ戻るとバッグを手に取り、ファスナーを開けた。

乱暴にバッグの中身を取り出し、ソファーの上に広げる。ブランド物の長財布と、厚くて手触りの良いタオルハンカチと折り畳み傘。名刺入れとパスケースと車の鍵。それらの中に、小さな黒い革の手帳があった。

探しているものとは違ったが、ここに何か手がかりがあるかもしれない。開いてみると、見開き一ページに一週間のスケジュールがぎっしりと書き込まれている。人の名前や電話番号らしきものもあるが、字が細かくて読み取れない。

なんとか確認しようと手帳を顔から離した時、視界の端に黒い影がよぎった。そして次の瞬間、激しい衝撃とともに、うつぶせに床に引き倒された。ざらついたカーペットに頬が押しつけられ、口の中に血の味を感じた。

「う、動くな！」

岸根は上擦った声で命じると、摑んだ私の手首を腰のあたりに捩《ね》じり上げた。くぐもった悲鳴がもれる。離してと叫びたかったが、背中に岸根の膝《ひざ》がめり込んでいて、息を吸うことができない。体をよじり、足をばたつかせ、どうにか逃れようとした。

しかし、男の力には勝てるわけはなかった。

ほどなく、ビルの外から立て続けに聞こえた鋭いブレーキの音。乱暴に車のドアが閉まる音に、必死で頭を上げる。雨に濡《ぬ》れたビルの窓ガラス越しに、いくつもの赤い光が瞬《またた》いていた。

五

パイプ椅子《いす》の背に体を預け、ゆっくりと周囲を見回す。壁の高いところに開いた小さな窓は、金網で塞《ふさ》がれていた。その窓から射《さ》し込む明るい太陽の光が、反対側の壁を四角く照らしている。そろそろ日が高くなる時間だろうか。空腹と喉の渇きを覚えながら、右手で首筋を揉《も》む。

灰色の壁に、灰色の机。その机に向かう制服姿の警官も、何もかもが重苦しかった。

哲生も、こんな殺風景な部屋で取り調べを受けていたのだろうか。

「――須崎さん、お待たせしました」

ドアが開く音とともに、昨晩から何度も聞いた声が降ってくる。

息を吐いて、顔を上げた。刑事の津島が、疲れた顔でこちらを見下ろしている。昨日から着ているスーツには肘《ひじ》と膝の辺りにしわが寄り、ずいぶんくたびれて見えた。私も似たようなものだろう。

「ではもう一度、お話を聞かせてもらいます」

疲労のために、うなずいたつもりが、がくんと頭が落ちそうになった。私の正面に座った津島は、部屋の隅でパソコンに向かっている制服警官に目配せをすると、口を開いた。

「須崎さんは、どうして岸根が佐山さんを襲った犯人だと気づいたんですか？」

最初に不審に思ったのは、喫茶店で岸根が事件のことを話していた時だ。

岸根はあの時、《哲生さんがその手を彼女の首にかける前に》と言った。

だが津島に教えられたネットニュースでは、首に絞められた跡があったとだけ書かれており、凶器が使われず素手で首を絞められていたということは、どこにも明かされていなかった。事務所に向かう途中、テレビ局や新聞社のニュース記事も確認したが、首を絞められた状況について触れているものはなかった。

それだけならば、美玲の両親から被害の状況を詳しく知らされたのだと考えることもできる。だが岸根はもう一つ、弁護士らしからぬ失言をしていた。

岸根はさらに、佐山美玲が襲われたこの事件を《殺人事件》だと言ったのだ。

あの時点での報道では、美玲は首を絞められて重体だとしか伝えられていない。

「現場にいた知人男性から事情を聞いている」という記述はあったが、殺害する意図があったかどうか、自供のない段階では判断できないはずだ。

実際、そのあと哲生が供述を始めた段階でも、津島は「暴行傷害容疑で逮捕状を取る」と言っていた。犯人が逮捕され、殺意があったと自供したわけでもないのに、法律の専門家である弁護士の岸根が、どうして《殺人事件》などと断定したのか。

もしもあの段階で殺人事件だと断定できる人間がいたとしたら、それは殺害するつもりで美玲の首を絞めた真犯人だけだ。

岸根が、何かの形で事件に関わっているのではないか。疑いを抱いた私は、彼に近づくため、事務所に泊まるようにという申し出を受け入れた。

「危険だとは思わなかったんですか。岸根は、あなたの口を封じるつもりで事務所に誘い込んだんですよ」

呆《あき》れるというより、明らかに腹を立てている様子で津島はため息をついた。

「ええ、危ないと思ったので、ドアのそばにあったゴルフクラブを摑みました」

岸根が犯人だと確信したのは、あの事務所に入ってすぐのことだった。

入り口に置かれた、陶器の傘立て。あそこに残されていたうちの一本は、朝に私が忘れずに持つように言った、目印に水色のテープが巻かれた哲生のビニール傘だった。

岸根が「哲生には会えなかった」と言っていたのは、嘘だった。哲生は間違いなく、事件当日にあの事務所を訪れていたのだ。そして岸根が「ずっと事務所にいた」というのも嘘だ。日中雨が降っていたのに、哲生が傘を忘れてあそこを出たということはおそらく、哲生は岸根の車で、地下駐車場から雨に濡れることなく移動したのだ。哲生は岸根とともに佐山美玲のマンションを訪れた。そして事件が起きたのち、犯人である岸根は警察が来る前に立ち去り、その場に残された哲生が連行されたのだ。

岸根を打ち倒したあと、私は事務所の中で、なんとか岸根と美玲の繋《つな》がりを示す、ある証拠を見つけようとした。それは美玲のスマートフォンだった。

哲生が事件について黙秘を続けていたとしても、美玲のスマートフォンを調べれば、どんなやり取りがなされ、哲生がこの件にどう関わっていたか分かったはずだ。警察がその情報を摑めなかったということは、現場から美玲のスマートフォンが真犯人によって持ち去られていたということだ。ゴルフクラブで殴りつけたのはやりすぎだったかもしれないが、自分の身を守るためだし、哲生に罪を着せようとした人間に遠慮するつもりはなかった。急がなければ哲生が逮捕されてしまうかもしれないと、その一心だった。

「岸根が、佐山さんの《新しい恋人》だったんですね」

私の問いかけに、津島が苦々しげな表情でうなずいた。私が必死で探していたスマートフォンは、岸根の車のダッシュボードから発見されたそうだ。美玲と岸根との関係を示すやり取りも残されており、すでに岸根は容疑を認めているとのことだった。哲生が昨晩から供述を始めたこともあり――そのおかげで岸根の事務所に警察が駆けつけ、私は救出されたのだ――警察もやっと事件の全容が摑めたようだ。

美玲が岸根と知り合ったのは二年前、娘の父親である夫と離婚した時だった。美玲の父親がホーム法律事務所の古くからの顧客で、娘婿《むすめむこ》の岸根を紹介してもらったという経緯らしい。

前夫との離婚が成立したあとも、岸根は美玲の住むマンションの契約のことや、今後の娘の養育のことで細々《こまごま》と相談に乗っていたようだ。そのうちに、深い関係になった。哲生と同時進行で付き合っていたという推測は、実のところ当たっていたのだ。美玲は哲生に愚痴をこぼしていたように、幼い娘を抱えてコンビニエンスストアで働き続けることに耐えかねていた。そして岸根に、今の妻と別れて結婚してほしいと持ちかけた。哲生は美玲にとって、岸根を嫉妬《しっと》させ自分に繫ぎ止めるための当て馬でしかなく、なんでも言うことを聞いてくれる都合の良い人間に過ぎなかったようだ。だから私たち家族に知られた時点で、面倒なことにならないようにと、すぐに謝罪して別れたのだ。

美玲から「離婚して私と結婚しなければ、すべてを公表する」と脅され、岸根は追い詰められていた。もしも対応を誤って妻に知られれば、家庭だけではなく、義父から受け継いだ事務所も当然失うことになる。

その一方で、美玲は信じられないことに、すでに関係を解消していた哲生に岸根とのことを打ち明けた。そして自分と娘の幸せのために力になってほしいと頼んだ。哲生が頻繁に家を空けたのは、美玲に呼び出され、岸根に会いに行く間、娘の面倒を見ていたからなのだそうだ。

どうして哲生はそこまで、美玲の言いなりになったのか。津島からその経緯を知らされた時は、にわかに信じられなかった。理解に苦しむ私に、哲生から美玲との関係について詳細を聞いていた津島が、彼なりの意見をくれた。

「哲生さんは小さい頃に、お父さんがお母さんに暴力を振るうところを見て育ったと聞きました。そういった家庭で育ったお子さんの何割かは、成長したのちに自分もDV加害者になると言われていますが、実はそれ以上に、被害者となってしまう人が多いんです。自己肯定感が持てず、相手から暴力を振るわれたり、理不尽なことをされても、それを当然と受け止めてしまう。哲生さんの話を聞いていると、彼と佐山さんの関係は恋人というより、かなりいびつなものだったようですね」

津島によれば、美玲と哲生との関係は非常に一方的で、支配的なものだった。それについてはアルバイト先のコンビニエンスストアの同僚たちも証言してくれたそうだ。哲生は美玲の命じることならなんでも聞き、自分の都合はそっちのけでシフトを代わってやったし、同じ日に勤務することになれば大変な仕事はすべて肩代わりしていたという。まるで女王と奴隷《どれい》のようだったそうだ。

大人しくて優しい、素直な子だと、何も考えずに哲生の表面ばかりを見てきた自分が情けなかった。幼い頃、暴力を振るう父親の姿を見せたことで、息子の成長を歪《ゆが》めてしまったことに、これまで気づかなかった。素直だったのではない。嫌だと言いたくても、抵抗したくても、その力を奪われた息子は、従うしかなかったのだ。

そして事件の日。美玲に命じられた哲生は岸根の事務所を訪れ、結論を聞かせてほしいという彼女の意向を伝えた。哲生は美玲と岸根に最後の話し合いをさせるために、岸根を美玲のマンションへと連れ出したのだ。だが、その対話は決裂した。

「岸根と佐山さんが話をする間、哲生さんはマンションのドアの前で待っていたそうです。すると争うような物音がして、岸根が飛び出していったと。慌てて中に入ると、意識を失った美玲さんと、泣き叫ぶ娘さんがいたそうです」

娘の叫び声を聞いた近所の住民が通報し、警官が駆けつけた時、哲生は何を尋ねられても答えなかったらしい。

「もしかしたら、緘黙症の症状だったのかもしれません。子供の頃にも、強い不安やストレスを感じると、言葉が出なくなってしまうことがありました」

大人になってからも再発することがあるのだという私の説明に津島がうなずいた。

哲生は自分が岸根を連れてきたために、幼い娘の前で母親が暴行を受けるという事態を引き起こしたのだと、自分を責めた。おそらく、自分自身の子供時代の経験と重ね合わせ、強いショックを受けたのだろう。

さらに哲生は美玲と、ある約束を交わしていた。

「美玲さんから、岸根さんと奥さんの離婚が成立するまでは、岸根さんと付き合っていることは誰にも言わないでほしいって言われていました。そうしないと奥さんに逆に訴えられたりして、私が不利なことになるからって。僕が話したことで秘密がばれて、美玲さんとの約束を破ることになったらと思うと、怖くて、声が出なくて」

黙秘を続けた理由を、哲生はそう語ったそうだ。哲生にとっては《美玲との約束を破る》という状況そのものも、緘黙症を起こす引き金となっていたのかもしれない。

それだけ美玲の命令は絶対だったのだ。だが夜になって美玲の意識が戻り、岸根との関係や事件の状況を本人が警察に打ち明けたと聞いた。そこで哲生を抑えつけていた重しが外れ、ようやく閉ざしていた口を開き、少しずつ何が起きたかを話し始めたのだった。

「岸根は、須崎さんが佐山さんの新しい恋人について警察に話すと言ったことで、口を塞がなければと考えたそうです。須崎さんから、哲生さんが取り調べに対して黙秘を続けていると聞き、二人の関係について他言しないという佐山さんとの約束を本当に守っていることを確認できた。また哲生さんの緘黙症と思われる症状を目にしたこともあり、彼が何も話さなければこのまま罪を着せられるのではと愚かしいことを考えたようですね」

津島にそう教えられて初めて、自分は本当に殺されるところだったのだと寒気を覚えた。

このまま美玲の意識が戻らず、哲生が口をつぐみ続けていれば、自分が逮捕されることはない。余計なことを警察に吹き込もうとする邪魔者を殺して、現場から持ち去った美玲のスマートフォンさえ始末してしまえばいい。普通に考えればそんなに都合良く進むはずはないのだが、追い詰められた岸根は、ほとんど恐慌《きょうこう》状態となっていたのだろう。

「どうしてそんなふうに思えたのか、自分でも分かりません。とにかく、持っているものを失いたくなくて、今いる場所にとどまりたくて。まだ、頑張ればきっと大丈夫だと、信じたかったんです」

いくらか冷静さを取り戻した岸根は、捜査員に対しそう語ったそうだ。

岸根が私に近づいたのは、哲生が自分と美玲との関係を家族に話していないかを探るためだった。美玲の両親から依頼を受けたというのも、哲生が美玲に対してストーカー行為を行っていたというのももちろん嘘だった。

岸根はあの気の弱そうな印象とはうらはらに、犯罪者の情報を書き込むサイトに自ら美玲から聞いていた哲生と私たち家族の個人情報を書き込み、さらには地元の掲示板で拡散するという卑劣な真似《まね》までしていたらしい。おそらく、私は今の職場を辞めることになるだろうし、良い弁護士に頼んでたっぷり損害賠償請求をしてやらなければと思う。

長い取り調べが終わり、部屋の外に出ると、廊下の長椅子に哲生と彩花が並んで腰かけていた。

「ごめんね、昨日は。お母さんのせいじゃないのに、嫌なこと言って」

泣き腫《は》らした目で彩花は詫《わ》びると、また涙をあふれさせる。いいの、お母さんが悪かったんだから、と肩に手を置くと、彩花は激しく首を振った。

「ほら、哲生も、お母さんに言うことあるでしょ」

彩花に促され、立ち上がると、哲生は無言で私の前に立った。自分よりずっと背の高い、だけどまだまだ頼りない息子を見上げる。哲生は私と目を合わせようとしないまま、ごめん、と掠《かす》れた声で言うと、唇を嚙《か》んだ。返事をする代わりに、細長い腕の肘の辺りをぽんと叩くと、泣くのをこらえているように顔を歪ませ、うなずいた。

「ごめんって、それだけ？　私には色々生意気言うくせに、お母さんが相手だと全然しゃべらないんだから。まあ、私は今回ちょっとあんたのこと疑っちゃったから、偉そうに言える立場じゃないんだけど」

その時のことを悔いるように苦しげに顔を伏せた彩花の背中を、そっとなでた。哲生はそんな姉の様子を心配そうに見下ろしている。ともに育ってきた彩花には自分の気持ちを出せているようで、そのことが救いだった。

対等で温かな人間関係を結ぶことを、ゆっくり学んでくれたらいい。私はいつまでも、息子の成長を支えていこう。

これまで、私たち家族には、欠けていたものがあった。そして、これから失うものもあるだろう。

だが、それらはきっと取り戻せると、信じることが出来た。

「家に帰ろう」

私の言葉に、彩花がうなずき、哲生に笑顔を向ける。

家族三人で食べる朝ご飯の献立を考えながら、私は息子と娘とともに歩き出した。

解説

千街晶之

二〇二〇年、第七十三回日本推理作家協会賞短編部門を受賞したのは、矢樹純の「夫の骨」だった。二〇一九年に祥伝社文庫から刊行された短篇集の表題作である。

ところで、この賞を受賞した作品には大抵、新しく付け替えられた帯に受賞の事実が記されるので、日本推理作家協会賞という文字列はミステリファンなら一度ならず目にしたことがあるだろう。しかし、どのような賞なのかは案外知られていないように思える。

戦後間もない一九四七年、江戸川乱歩を初代会長として結成された日本探偵作家クラブが、日本推理作家協会の前身である（現在の名称になったのは一九六三年）。この協会が毎年、前年に発表された推理小説および関連書から最も優れていたものに授与するのが日本推理作家協会賞で（名称は探偵作家クラブ賞↓日本探偵作家クラブ賞↓日本推理作家協会賞と変遷《へんせん》している）、現在、選考委員は既受賞の作家・評論家が務めている。いわば、プロがプロを選ぶ賞であり、斯界《しかい》で最も権威ある賞と見なされているのだ。特に短編部門は昔から難関とされており、受賞作が出ない年も珍しくない。それだけに歴代受賞者を振り返ると、ミステリ史に名を残す錚々《そうそう》たる作家が並んでいる。

そんな栄誉ある難関を乗り越えて受賞したことからも「夫の骨」という作品の完成度は折り紙付きであるけれども、実はもっと注目すべきは、これを表題作とする短篇集『夫の骨』そのものである。

現在の出版状況のせいで、ノン・シリーズのミステリ短篇集は、かなりの売れっ子作家でもなかなか出してもらえないと聞く。しかし、そんな中でも優れたノン・シリーズ短篇集が刊行されており、読者の目に止まりさえすれば話題になるのも事実なのだ。最近で言えば、水生大海《みずきひろみ》『最後のページをめくるまで』（二〇一九年）や阿津川辰海《あつかわたつみ》『透明人間は密室に潜む』（二〇二〇年）などがそれに該当する。『夫の骨』もそんな話題作のひとつであり、家族をテーマにした九つの短篇が収録されているのだが、さまざまな種類のどんでん返しを手を替え品を替えて繰り出してくる技巧と、心理描写の鋭さはどの作品も高い水準をキープしている（九篇のうちどれが好みかは読者によって意見が割れるだろう）。恐らく、文庫という手頃な判型とリーズナブルな価格で店頭に並んだことも、読者が手に取りやすいという結果につながった筈《はず》だ。
そして、その『夫の骨』に続き、満を持して刊行された第二短篇集が、本書『妻は忘れない』なのである。

ここで、著者である矢樹純の経歴を振り返っておきたい。

著者は一九七六年、青森県生まれ、弘前大学卒業。結婚・退職を機に、作画担当の妹・加藤缶《かん》とコンビを組み、自身は原作を担当して、加藤山羊《やぎ》の共同ペンネームで漫画家としてデビューした。二〇〇二年に《ビッグコミックスピリッツ増刊号》に掲載されたデビュー作「合コン地獄変」はギャグ漫画だったが、その後はサスペンスを中心とするシリアスな路線に転じ、二〇〇八年には初の単行本としてサスペンス漫画『イノセントブローカー』が刊行された。その後もミステリやホラーなどの漫画原作を手掛けており、『あいの結婚相談所』（全四巻、二〇一四〜一七年）は二〇一七年にテレビ朝日系で連続ドラマ化された。加藤山羊としてのコンビ以外でも、青木優・作画『バカレイドッグス』（全三巻、二〇一八年）とその続篇『バカレイドッグス Loser』（二〇一九年〜）などの原作を担当している。

一方、二〇一一年には、第十回『このミステリーがすごい！』大賞に『Sのための

覚え書き　かごめ荘連続殺人事件』を応募し、最終候補に残っている。受賞には至らなかったものの、同作は翌一二年に「隠し玉」枠として宝島社文庫から刊行され、小説家としてのデビューを果たした。

『Sのための覚え書き　かごめ荘連続殺人事件』は、異常な風習が伝わってきた青森県の集落を舞台にしている。首と両手首を切断された死体や、周囲に犯人の足跡がない状態で発見された黒焦《くろこ》げ死体などが登場する本格ミステリだが、この小説で最も印象に残るのは、探偵役を務める桜木静流《しずる》というユニークなキャラクターである。心理カウンセラーを自称する彼はなんと、他人の秘密を覗《のぞ》かずにはいられない「窃視症《せっししょう》探偵」であり、盗聴や盗撮などの違法行為を平然と繰り返す。そんな彼が、まるで本物の心理カウンセラーのように関係者たちの精神的な悩みを解消してゆくのである。

この風変わりな作品で小説家デビューはしたものの、その後、著者にとって不遇の時期がしばらく続く。著者のブログ「取り返しがつかない」の二〇二〇年七月十一日の項には、「自分はデビュー作が売れなかったために最初の版元では次作を出すことができず、その後数年は野良《のら》作家として、出す当てのない状態で小説を書いていました」という記述がある。この時期、著者はKindleから個人出版で小説を発表している。長篇『がらくた少女と人喰い煙突』（二〇一五年）、ホラー短篇集『或る集落の●《まる》』

（二〇一五年。収録作のうち「べらの社《やしろ》」は第八回『幽』怪談文学賞短編部門で最終選考に残った作品）、ミステリ短篇集『かけがえのないあなた』（二〇一六年。『夫の骨』の原型）がそれにあたるが、このうち『がらくた少女と人喰い煙突』は二〇一七年、著者の小説としては二冊目として河出文庫から刊行された。不治の伝染病の治療施設がある瀬戸内海の孤島を舞台に連続バラバラ殺人が巻き起こる、クローズドサークル設定の本格ミステリで、デビュー作に登場した桜木静流が再び活躍する（語り手が精神的に大きな悩みを抱えた人物であるという点も前作と共通している）。作中の首なし死体トリックは他に類例が見当たらないほど大胆なものであり、著者のトリックメーカーとしての面が窺《うかが》える。しかしやはり最大の読みどころは、探偵役の桜木も含め、精神的なしんどさ、生きづらさを抱えた登場人物たちの心理描写ではないだろうか。

さて、この時期に、短篇を書いて力をつけたほうがいいという助言を編集者から得た著者は、月に一本短篇を書くと決めて執筆を始めた。そのうちの一本が「夫の骨」である。そして、先述のブログ「取り返しがつかない」によると、十三本の短篇を書き上げたところで著者エージェント会社のアップルシード・エージェンシーに出版社を探してもらい、その結果として祥伝社文庫から刊行されたのが『夫の骨』であり、これが著者の小説としては初めて版を重ね（二〇二〇年九月現在で六刷）、表題作が日本推理作家協会賞を受賞するに至ったのだ。雌伏《しふく》の時期は終わり、いよいよ著者がミステリ界の第一線に躍り出たのである。

……著者紹介が終わったところで、本書の内容に移ることにしよう。といっても、よく出来た短篇をいちいち解説するのは未読の方の興《きょう》を削《そ》ぐ可能性もあるので、内容は軽く触れるに留めたい。

収録作五篇はいずれも家族をテーマにしており、その意味では『夫の骨』と対を成す短篇集とも言える。だが、同じテーマに挑みながらも、新しい切り口がまだこんなに残っていたのかと感嘆させられる。

「妻は忘れない」（初出《小説新潮》二〇二〇年二月号。「したたかな嘘《うそ》」を加筆の上、改題）の主人公・千紘《ちひろ》は、三カ月前のある日を境に様子がおかしくなった夫を人知れず恐れている。果たして、夫を変えた出来事とは何だったのか。

妻から夫へ、あるいは夫から妻への疑惑をテーマにしたミステリは山ほどあるけれども、この作品の展開はなかなか予想できないのではないか。紙媒体の雑誌に掲載された著者の短篇としては第一作であり、気合の入った出来映えとなっている。

「無垢《むく》なる手」（書き下ろし）の主人公・詩穂《しほ》は、保育園児の二人の娘を持つ母親だ。

彼女は保育園の保護者会で、心ならずもクラス委員を引き受けてしまう。そのきっかけを作った鈴村友梨《ゆり》の真意とは……。

友梨は何かを目論《もくろ》んでいるのか、それとも詩穂の取り越し苦労なのか。内心が窺えない友梨に振り回される詩穂の一喜一憂が読者をも翻弄《ほんろう》する。本書の中でも「百舌鳥《もず》の家」と並んで、日常に潜む不安をリアルに綴《つづ》った作品だ。

女性を軸とした作品が多い本書では例外的に、「裂けた繭《まゆ》」（二〇一九年四月《note》に発表したものを改稿）は誠司《せいじ》という引きこもりの青年を主人公としてスタートする。彼は母親と二人暮らしだが、自室には南京錠《ナンキンじょう》をかけ、母親を一歩も入れさせない。だが彼は、中学時代に創作した《みゆな》という架空の友達と対話を続けていた……。

本書では異色の、どちらかといえば非日常の方向に振り切った作風だ。出だしからして不穏な印象であり、そこから暗転に暗転を重ねて凄惨《せいさん》な展開に至るのだが、ミステリとしての大胆なサプライズも、その凄《すさ》まじさに輪をかけている。読み心地の怖さにおいては本書でも随一と言えるだろう。

「百舌鳥の家」（書き下ろし）は、主人公の沙也《さや》が母親の入院を機に、久しぶりに実家に戻るところから始まる。そこで彼女は、数年ぶりに会った姉の和歌《わか》から、思いがけない言葉をかけられる……。

本書の他の四篇は家族以外の登場人物も絡《から》んでくるけれども、本書だけはひとつの肉親の間柄だけで物語が完結する。たとえ肉親同士でも言えないことはあり、それを口にした瞬間、何かが壊れる――。そんな危うい関係を描いて、家族というものの厄介さが身に沁《し》みて感じられる一篇ではないだろうか。

そして巻末を飾る「戻り梅雨」（書き下ろし）の主人公・須崎は、夫と離婚した後、彩花《あやか》と哲生《てつお》という二人の子供を育ててきたシングルマザーだ。大学生の哲生に出来た恋人が、彼より七歳年上で子供もいる女性だと知った須崎は困惑したが、二人は既に別れたという。ある日、彼女のもとに警察から連絡が……。

この短篇は、ある事件をめぐって一つの家庭が窮地《きゅうち》に追い込まれてゆくサスペンス小説だが、同時に、何重ものどんでん返しが仕掛けられた本格ミステリでもあり、読み終えてみると「そうか、あれが伏線だったのか」と膝《ひざ》を打つことになる。まさに本書の白眉《はくび》と言うべき、極めて完成度の高い短篇だ。

桜木静流シリーズではクローズドサークルという非日常的な状況を舞台に、普通ではないが自分では制御できない衝動を抱えた人間の苦渋を描いてきた著者は、『夫の骨』や本書では、より一般的な市井《しせい》の人間が抱え込んだ窮地や精神的苦悩を鋭く抉《えぐ》り出している。ただ、桜木シリーズにせよ今の作風にせよ、人間の多種多様な生きづらさを描いているという点は一貫している——という見方も可能だろう。そんな作風は、先の見えない今の時代だからこそ多くの読者に共感されるのかも知れない。

日本推理作家協会賞短編部門受賞後の最初の一冊となった本書は、著者が安定した実力で短篇を書き続けられる作家であることをはっきりと証明している。切れ味鋭い良質な短篇ミステリならではの魅力が、本書には間違いなく詰まっている。

（二〇二〇年九月、ミステリ評論家）

初出一覧

妻は忘れない　「小説新潮」二〇二〇年二月号掲載「したたかな嘘」に加筆、改題
無垢なる手　書下ろし
裂けた繭　二〇一九年四月《ｎｏｔｅ》に発表した作品を改稿
百舌鳥の家　書下ろし
戻り梅雨　書下ろし

彩瀬まる著
あのひとは蜘蛛を潰せない
28歳。恋をし、実家を出た。母の〝正しさ〟からも、離れたい。「かわいそう」を抱えて生きる人々の、狡さも弱さも余さず描く物語。

朱野帰子著
わたし、定時で帰ります。
絶対に定時で帰ると心に決めた会社員が、部下を潰すブラック上司に反旗を翻す！　働き方に悩むすべての人に捧げる痛快お仕事小説。

芦沢　央著
許されようとは思いません
入社三年目、いつも最下位だった営業成績が大きく上がった修哉。だが、何かがおかしい。どんでん返し100％のミステリー短編集。

一木けい著
1ミリの後悔もない、はずがない
R-18文学賞読者賞受賞
誰にも言えない絶望を生きられたのは、桐原との日々があったから——。忘れられない恋が閃光のように突き抜ける、究極の恋愛小説。

角田光代著
平凡
結婚、仕事、不意の事故。あのとき違う道を選んでいたら……。人生の「もし」を夢想する人々を愛情込めてみつめる六つの物語。

金原ひとみ著
マザーズ
ドゥマゴ文学賞受賞
同じ保育園に子どもを預ける三人の女たち。追い詰められる子育て、夫とのセックス、将来への不安……女性性の混沌に迫る話題作。

妻《つま》は忘《わす》れない

新潮文庫 や - 83 - 1

令和二年十一月一日発行

著者 矢《や》樹《ぎ》純《じゅん》

発行者 佐藤隆信

発行所 株式会社新潮社

郵便番号 一六二―八七一一
東京都新宿区矢来町七一
電話 編集部(〇三)三二六六―五四四〇
読者係(〇三)三二六六―五一一一
https://www.shinchosha.co.jp

価格はカバーに表示してあります。

乱丁・落丁本は、ご面倒ですが小社読者係宛ご送付ください。送料小社負担にてお取替えいたします。

印刷・株式会社光邦 製本・株式会社大進堂

ISBN978-4-10-102381-6 C0193